椰韵文丛　总主编：赵金钟

燕岭诗草

赵金钟　主编

暨南大學出版社
JINAN UNIVERSITY PRESS

中国·广州

图书在版编目（CIP）数据

燕岭诗草／赵金钟主编．—广州：暨南大学出版社，2022.2
（椰韵文丛）
ISBN 978－7－5668－3256－6

Ⅰ.①燕…　Ⅱ.①赵…　Ⅲ.①诗集—中国—当代　Ⅳ.①I227

中国版本图书馆 CIP 数据核字（2021）第 216211 号

燕岭诗草
YANLING SHICAO
主　编：赵金钟

出 版 人：张晋升
策划编辑：杜小陆
责任编辑：潘江曼　梁念慈
责任校对：黄　球　林玉翠　王燕丽
责任印制：周一丹　郑玉婷

出版发行：暨南大学出版社（510630）
电　　话：总编室（8620）85221601
　　　　　营销部（8620）85225284　85228291　85228292　85226712
传　　真：（8620）85221583（办公室）　85223774（营销部）
网　　址：http://www.jnupress.com
排　　版：广州良弓广告有限公司
印　　刷：广州一龙印刷有限公司
开　　本：787mm×1092mm　1/16
印　　张：21.5
字　　数：340 千
版　　次：2022 年 2 月第 1 版
印　　次：2022 年 2 月第 1 次
定　　价：69.80 元

总　序

岭南是个好地方，它不仅盛产物与景，而且出品诗与文，可谓诗与远方汇于一身。

在岭南之南有一个半岛，名为雷州半岛，是中国三大半岛中地理位置最靠南的一个半岛。关于它的成因，有诗者写道：

因为饥渴，把嘴贴向了海
身子不断拉长
直到把妈妈的呼喊甩在了远远的陆地

就这样，一路奔跑，冲进了海
便再也没有回头

（《雷州半岛》）

这自然是诗者的想象，不可拿着科学考证的尺子去求真伪。但有两个关键词值得品味：“海”和“奔跑”。海，是它的凭借；奔跑，是它的精神。

这里曾为荒蛮之地，是古时中原朝廷流放“贼子逆臣”的地方，寇准、苏轼、苏辙、秦观、李纲、赵鼎、胡铨、任伯雨、汤显祖等名臣巨匠皆曾被贬于此。这些被流放至此的不得意者并未气馁颓靡，而是带着中国知识分子“先天下之忧而忧”的使命基因，自带职责，积极作为，口授中原正音，力输中原文化，倾心化风育民，使得此地加速摆脱蛮荒窘境，迈向文明坦途。

半岛北端坐落着一所美丽的学府——岭南师范学院。它驻足岭南，面朝大海，驭一岭（燕岭），挟两湖（寸金湖、瑞云湖），怀绿椰，擎巨榕，起伏有致，风光旖旎，为学子读书求学之绝佳圣地。师生徜徉其中，赓续先贤遗风，吟诵诗文，切磋学问，晨昏交替，四时不绝，为半岛平添了一道怡人的风景。

学校已有百年历史。在这百年师范教育生涯中，它肩负着兴学育人的办学使命，秉承“崇德、博雅、弘志、信勇”的校训精神和“师范性、教学型，地方性、应用型”的办学定位，培养了大批优秀教师、教育工作者和社会应用型人才，为当地和国家的教育文化事业、经济社会发展做出了很大贡献。近年来，似乎是应了“海的情怀”与“跑的精神”的感召，其师生的干劲较之以前更大更猛了，并在为学、成才的路上捡拾了不少闪光的“海贝”。其麾下的文学与传媒学院师生便是如此。他们收拢这些“海贝”，再做精挑细选，集束成册，以“椰韵文丛”之名公开出版发行。这是一件值得称道的喜事。从书中可以看到，学生着眼于成长，捡拾成长路上的花与梦；教师着眼于体验，整理前行道上的理与情，各呈其妙，各展其趣，绘制出一组组美妙的图景，传递着灵魂深处渗出的纯真情思，咀嚼着生命旅程中涌起的况味苦乐，享受着随文字起伏而迸出的甘美旋律。我相信这套文丛的推出，定会助推校园文学创作和校园文化之建设，为校园增添一抹独具风味的精神风景。

岭南大地一向多奇花异木，且长盛不衰，并无四季更迭之虞。所以，北方正值冰冻严寒时节，此地依然郁郁葱葱。这是大地对它的特殊奖赏与馈赠。从某种意义上讲，朝廷贬官于此，也是对它的一种奖赏与馈赠。而那些失意的贬官，能够来到这里，或许也是上苍对他们的奖赏与馈赠，让他们有机会与这块神秘的土地相遇。除了上面提到的榕树和椰树，这里最显眼的植物还有紫荆花，它是常绿乔木，花大如掌，略带芳香，且颇耐烟尘，观赏性与实用价值均高，成为许多城市的“市花”。生活于斯的人写诗赞美它，说它盛开之时，烟云朵朵，满树朝霞，像一团团激情四射的火在滚动、燃烧；夜晚，似乎还能听到它的声音，细的，柔的，甜的，顶替了聒噪的蝉鸣，以温暖的方式擦拭着人类留下的污渍——这是多么高的赞赏！花得此誉，不枉盛开。诗的赞美之情还未停止，诗人在结尾时又深情咏道：

在遥远的南国
紫荆花这样开着
白天是火，夜晚是歌

（《紫荆花这样开着》）

紫荆花活泼热情，惹人喜爱，是岭南人精神品格的折射。

赵金钟
2019 年 10 月

燕岭诗草

目　录

contents

诗三十首

程继龙

生于1984年，陕西陇县人，文学博士，现任教于岭南师范学院中文系。致力于新诗史、批评史研究，发表论文数十篇，诗作散见于《诗刊》《绿风》等。出版专著《打开诗的果壳》、诗集《若有其事》等。

想起李贺

想起李贺
就想到古旧的皮肤
青铜的夔纹，桃花幽幽
盛开，胭脂泪汹涌在
目光断烂的地方

一个人无端地走在长安的郊外
初生的朝阳
闪着夕阳的颜色，一个人
蓦然心碎，双目失明
与鬼畜为伍

找不到自己的床铺以及
自己的墓葬。看见天空的
宫殿，白的云，玉的堂
轰然坍塌，凤凰咯出玻璃碴

想起李贺，开始吞咽无尽的泪水
回到时间的起源，书生的衣袂和
想象的华发，延伸进
万古的星云

这一切都不重要
重要的是，落实于肉体的痛楚
将此刻无限放大，还尖叫着
讨要一个说法

2017 年 6 月

归　途

我们并肩坐在车上
没有说话，陷入各自的心境
就像一对陌生人，让霞光
慢慢铺满天空
并穿过座位昏暗的空间
落在你睫毛的末端

我忽然发现，一只野兔或火狐
风一般越过公路栅栏外的田野
消失在岁暮荒凉的山林
思绪随它而去，瞬间又返回
肯定有可爱的事物存在着
让我忘却了不幸，如此恬静

仿佛看到炊烟，看到家园坐落在
雪岸，仿佛一根针在月光中
纯粹地下降，针尖闪着光芒
身体的记忆里飘着漠然的花瓣
心头滋生起幽暗的秘密
无人知晓又你知我知

2016 年 12 月

别离曲

离开时，我身后的山岭愈发神秘
水汽氤氲，草木蔓衍无边
只抛出鸟鸣一二声
与我置身其中的时代完全不同

那可是故乡的山啊
这决定着我必须说点什么
可是一个决定离开的人
有资格说什么呢

汽车载着我们扬长而去
仿佛正奔赴那个
在云中隐藏了多日的山头

2016 年 8 月

葡　萄

酒后的晚上
我生活在
一颗葡萄里

甜蜜的汁液
奔涌而又凝固
葡萄籽般待在对的位置
火焰般回旋

趴在半透明的
葡萄皮上向外张望
看见无数球形房间
无数呆萌的大眼睛

这样便不再感到孤独
头顶还有养料
源源不断输送进来

2014 年 8 月

没有谁永远一去不回

黎明时我登上一座
渴望已久的桥，我明白
是彩虹把它的一部分给了我

没错，时间剔出了我的白骨
但此刻我仍坚持着丰满
我有树荫的面容，露水的眼睛
我的心盛满了不甘与往事

来吧，离我而去的人
从淡忘倒着走回蓦然相逢的最初
围坐在一起吧，逝去已久的亲故
人世的板凳足够宽阔，日夜不停

走在林间，和风追逐
替代风的是另一阵风
在晴光中，和云嬉戏
弥补云的是同一缕云

2017 年 5 月

钟　声

蓦然心动
最好有一声钟响
将我从人间拔出
带着整个寺院的宁静
那里香炉干净，僧衣干净
古木和高檐上倒扣着碧宇
颜色渐渐加深
角落里还留着，适当的积雪
就被这钟声
撞得脆薄，洗得干净
随一阵风消散
也没有怨言

2018 年 12 月

夜中不能寐

独立中宵，在故乡山间
看见群星真的在闪烁、旋转
一如名画中的情形
一颗星骤然奔向山脚
如此决绝
山底必有另一个家园
屋宇倒悬水中
草木古雅
人民聚族而居
再也不为发财与进步
忧戚和别离

2018 年 8 月

雪的诗

今夜，渴望写一首
雪的诗

而雪瞬间就涌满了前额
虚室生白，白了手脚
白了前半生

而你永远省略不了
雪落的过程
雪落在哀伤的眼眸里
落在除夕的红窗花下
落在夜半断枝的脆响中

而父亲在雪中挥舞着镢头
初嫁的姐姐走在乌鸦乱叫的山上
向往幸福的林教头走在
字里行间明灭的天意中

而无雪的地方
人们从不眷恋
空寂和荒凉的好处
赘肉多了起来
炎症持久不消

2015 年 11 月

幻 象

那年，你站在花树下
花正酝酿着佳期
你已领略了它的全部芳华
在笑靥，在眉梢，在心头
我也即将爱上你
致命的秘密感情
这只是时间问题

我跌落进你的瞳孔
迎面撞上蓝天白云，漠漠星空
沉浸在一口深深的黑井

在那里紧紧咬住幼芽
手脚交织成星座，灵魂解体
残存的心念泛起罪恶的浮沫
遥远的人，我们未来的儿女们
仰头看见了，指着说
瞧！幻美的国度

2018 年 1 月

物质主义小孩

——写给半岁的小女儿果果

用脚心蹬，用肚皮蹭
床、房子、你眼中的天空
用嘴巴亲吻和撕咬
所有可能的事物

你是如此爱这个世界
粉色的味蕾，贴住表面
唾液和酶渗入致密间隙
铁是冷的、荔枝甜而多汁
布娃娃散发着白云的味道

乐曲喷出液体
花朵伸来柔软的拳头
爸爸的脸浮在色彩的流动中

时刻准备着投入世界
用嘴巴拼命爱一切
一刻不闲，终日劳苦
仿佛这个人间
根本没有堕落和伤害

2017 年 9 月

静夜思

两颗小土豆，被梦煮熟
摆在我床头
一颗叫朵朵，一颗叫果果

花叶葳蕤，省掉虫鸣
宁静印在她们洁净的皮肤上
香气仿佛往事的余韵
化解于一次微妙的笑意

只有一个人，跑出了白天
霸王龙的追逐和咆哮
站在梦的边缘
用深情的目光，临照着
她们小小的国土

2018 年 6 月

出　神

谈话的瞬间
你去了很远的地方
在一个安静的仄声词里
眉峰蹙了起来
额上罩着些伤神的云彩
旋又浮出一个短暂的微笑
我看到天光重新亮了起来
细细的绒毛，闪着金光
有些人，有些事
终于能看到了尽头
多么难得
你安坐的背景
一泓无形的秋水，兀自寒凉
偶尔漂过残缺的黄叶
什么都不留住

2018 年 7 月

午后的奖赏

渐进梦境的手
仍在给入眠的小女儿
摇着扇子，把凉风轻送
晴空里有飞机掠过
机翼的银光瞬间
照亮房间的镜子、蚊帐
我几乎能看到自己的微笑
一个慈父真实的
荣光

2018 年 4 月

垂　钓

一个柔软的皮钩
从高处伸下来
嘴里溢出甜美的痛楚
我就这样被钓出水面
一直上升
充满期待，不无凄凉
重新看到了人间
母亲低头补衣
女儿伸手要抱
枯叶铺满道路
白云替代了被子
五脏和悬在天心的吊水瓶
一样透明
渐渐出离了医院和病床
我觉得这不是一个梦，不是
一个梦

2018 年 10 月

小事件

忽然离开手的护持
忘我地下落，加速
片刻的沉醉终结于刺耳的撞击声
涟漪无形展开

这是妻子在洗刷中失手打碎的
一只碗，一个小事件
外面鸟鸣如瀑，花儿在春天
红得正酣。我的一部分被留住
体会到一种多余的悲伤

我不是碗上宁静的青花
也不能在瓷片的锋刃上滑行
努力遗忘破碎，就像什么都没发生
就像瓷片准备着割伤光和空气

2017 年 10 月

泪与笑

哭声如黑色的雨水陷入梦中的石室
“我要回去，放我出去也行”
笑意的明媚溢出牙齿的东方之既白
太阳照常升起，天地之壳完好

照例伸出的手停在半空
迎来日常流动的颜色和事物
送往末日翻开的箴言和结局

桃源展开日益真实的远景
有人乘着落英消隐于一片心境
有人坐在窗前处理一件件事务

举起一只酒杯
饮下由苦涩酿成的一窝充满光彩的芽儿
拉紧自己的后背或影子
防止以光速跌入旋涡

也许，终其一生走在雾中的裂缝上
还要求走得合格与优雅
耳膜中的尖叫声不断回响
击落盛世的鸟群

2018 年 1 月

春　夜

一半花香，一半月光
我这样坐起时，后半夜还没有来临
墙上的树影有足够的心境
慢慢，慢慢摇动下去

你从来就没有去远方
只是把留在北方，留在冬日的身体
一点一点拉回春天，它太贪恋
清脆的鸟语，朦胧的雪意

你看这静谧的时光和风月
永远灌满世界，梦的水膜被胀破
噎住了喉咙的渴望。这是最后的故事
最后的地方，你不能再逃亡

2018 年 4 月

意中游山

终于去了想去的地方
青色源源不断，间有五彩的
小野花，仿佛浸浴在春光中
骤然实现了长久的梦想

古寺的飞檐不是邀请
也不是挥别。不布施
不叩拜，对香灰更着迷
绕道佛座的背后看看

落花抵达面颊的时候
一缕白云正离开山头
同行的可以是相忘多年的故人
也可以是自己
安静的影子

2016 年 5 月

未完成的诗

“我们站在彩虹边
饮水……” 诗句未完
我的腿就率先出离了梦境

半岁的小女儿望着我的后背
浅笑，眼睛弯弯
像倒扣的月牙儿
一只还无咬啮能力的小白鼠

骑车行在冬日的街头
白花花的朝阳向我涌来
车马树影流水般后退
要是白茫茫一片雪就好了
我想到一个俗词，笑骂一声
“我不过有点，忧伤”

2017 年 11 月

日出东方

日出东方，华彩万丈
天空，蓝色的虚无颅腔
涌溢纯白的脑浆

仿佛这一切与一场悲剧的秋天
无关

站在阳台上，我刷牙
妻子洗衣，我们不满一岁的
小女儿欢乐地爬啊爬

我们都是神庇护的孩子
悲凉的幸福充满心间
也许，整个人类
在诞生的原初时刻
就这样融合在一片单纯的欢乐中

2016 年 10 月

家里真干净

独自去了很远的地方
回来，用钥匙拧开门
家里真干净

餐具都洗净，摆好
拖鞋都收拢，归位
一切符合我的习惯
大理石地板泛着蛋清的光
窗上有壁虎在散步

仿佛，她还在
仿佛，家里供了什么神
灶神，你好
橱神，你好

洗漱之后，躺倒
开始做梦。疲倦慢慢
渗出，淹没了
一路的噪音和面孔

2015 年 5 月

梦中的日子

在梦中猝然相遇
并煞有介事地
过起日子来
住在童年用花草
和北斗七星
建成的房子里
吃着在银河的光波里
烹调的食物
缠绵放荡
经历爱恨情仇
坏事做尽，甘愿沉沦

晨曦的素手抚破
浮薄的水膜
振衣，出门
洗漱出门
像个男人
在秋阳下散发
虚无的沮丧
天色却越来越暗
云很快就化作雨
洒下来

2015 年 10 月

黎　明

无数鸟鸣捅破薄膜
抵达我，在孤立黯淡
的灯前，缭绕成
一小片立体的花海

可以停下来沉吟
然而不能立刻换上
一副圣人的襟怀
累积的疲倦开始滴落
现实还在给炎症助力

霞光万丈从背后照我
而我越发沉迷夜月
鬼魅的体液泼洒一地
造就一个银色的世界
与起坐徘徊的目光相接

跌入遥远的哀伤
书页落尘，市声渐起
沉溺的世界越发成为泡影
怎能驾着一缕鸟鸣回乡

2013 年 6 月

误入藕花深处

涟漪的表皮下
我有，深深的青足
追不上满脑满天的红酣

愁起的西风，秘密
将梦境导向了歧途

暴雨过后
放下当时的惘然
洗净的手掌
自牧苦香一段

2013 年 9 月

隐　士

——献给古往今来这片土地上所有的隐士

跨过门前溪水的时候
脚步在水上的低空
稍微停留了一会儿
为什么？说不清
却再一次克服了
冰冻般的隐形力量

走上要路
那里尘土飞扬
有多少人在青灯下
心怀梦想却得了近视
无法医治，看什么
都是灿灿金属

其实你早就折身
回来了，再不出去
在这苍穹之下
找一块地方
过正常的生活
该种田就种田
该愤怒却露出了笑容

闻到草木的清芬
领略月亮的美好
那么凉，又那么甜
特别珍爱人间的感情
手札，送别，雅集

都有一种受难后
节日般的意味

醉卧古藤下
圣人的白蚁
正侵蚀你的下半身
可是即使在精神睡去的时刻
也能找到防卫的力量
很明显你并没有露出
半截白骨森森

2012 年 11 月

要是，多好

在陌生的街区，吃完早餐
点支烟，心绪慢慢地
浮了起来

我看见一个三轮车
和一辆棕色汽车争执了起来
一对手拉手的小恋人
转弯后分行两边
一段路面被挖掘机挖了个大坑
一洼脏水上方还零星地落着阴雨

歌里唱到
“要是人间没有争执，多好”
我忽然想，要是没有人间
多好。嘴角轻轻上扬
泛起无意义的微笑
要是人没有思想，多好
要是能找个地方永远静下来
多好

2017 年 10 月

麻　雀

小东西，站在我的掌心
小脚爪细瘦，冰凉
多像我老年以后的样子

小眼神惊惧，含着
多疑的种子，多像我
面见大人物时的样子

小东西，别在垃圾桶边
啄食人家丢弃的食物碎屑
我们飞一会儿吧
在铁丝网上，在寒冷的冬日
枯树枝上的那一小块天空

或者，我们回家吧
回到简陋，温暖的小巢里

2021 年 12 月 20 日

治疗春天

——写在“新冠肺炎”肆虐期

治疗口罩
承受的病毒已经够多
还要替人们堵上
不断加深的黑洞
承受的耻辱已经够多

治疗患者
把卡在喉咙里的语言
抠出来，放进悲恸的耳朵
那里有温暖
他们是亲人，不是病毒

治疗蝙蝠
抹去附加的罪名
夕光中舞动的精灵
依旧可以倒挂人间
维护人与兽类的界限

治疗人心
撤回举报邻居的语音
打消见面时的疑神疑鬼
折叠孤独与孤独之间
以光年计量的距离

治疗春天
维持生计的店铺重新开张
烟花放送迟到的幸福

情爱在广场上大摇大摆地进行
填充季节的是无边的葳蕤

治疗轻浮
取消我上面写下的一切

2020 年 3 月

机场端午节

在突然敞开中遁世无门
端着咖啡，面对玻璃墙幕制造的打滑
和阳光内部的冰凉，就连仰头的动作
都变成了荒芜

早上吃的粽子搁在心的架板上
酝酿不出适当的氛围，供一个节日落地
和弥散开来。必须面对巨大的苍凉
这里缺了一条江，也没有喝彩或悲悼的人群
代之以无限展开的水泥平面
你不想说，眼前的一切只不过是遗址
内爆后巨大的静寂，连蛮荒都谈不上
我们曾经拥有什么，价值几何
连草木的影子也消失了，鸟儿刚起飞
就被无形的子弹击中，化作白色泡影
仿佛是为了完成无效的仪式

云烟从广场的中心升起
恍惚间羡慕缓缓滑动的飞机，那么光滑、确定
仿佛一切都有定论，不用操心费用和归宿
从漫长的玻璃通道走过去，明明暗暗
仿佛是为了加速造物主梦的终结
苍白的旭日升起来，没有血色
在一个灰色平面上徘徊、打滑
没有休止

还要面对更大的虚无，撑开眼眶
吞食更多的蔚蓝和云朵，没有谁能和那个遥远的人
形成坚实的对位
这亘古如斯的幻影

2018 年 6 月

回乡的一种可能

踏着零碎的小雪
走进疏篱瓦舍
一个熟悉又陌生的现场
新修的水泥路上有牛屎、红炮屑
伸出寒凉的衣袖不断地
敬烟，敬烟

眼前飘过各种脸面
沧桑的、呆滞的、光鲜的
一如时代中被扶贫的门楣
或路边展览般停放的汽车

一不小心，将香烟递到了空无处
一张看不见的脸无形地接了过去
蹲在身边默默地抽了起来
火照亮了，暗下来的天色和心境

2019 年 3 月

诗三十首

蒋淑贤

1952年生，辽宁省昌图县人，毕业于辽宁师范大学中文系，现为岭南师范学院文学与传媒学院副教授，主要从事中国现当代文学研究和教学工作。在《民族文学研究》《当代文坛》《学术交流》等刊物发表学术论文十余篇，创作现代自由体诗歌800余首。

时光流年

这里没有广袤的草原
也不见苍莽的山峦
但这里有无垠的大海
每天可见与明月相伴的
潮起潮落的沙滩
我将梦化作野生的藤蔓
坚守住这美丽的海湾
我仰视着星空轻轻呼唤
时隐时现的明明之月
你是怎样将地球掌控
海水浩荡而不溢满
你没有炙热的火焰
却有一颗吸引地球光泽的心
我喜欢嫦娥奔月的神话
渴望沉静神秘的夜晚
你从茫茫的东海升起
又常常高悬在辽阔的草原
你为地球阻挡来自太空的陨石
又总是把光亮默默奉献
你已遍体鳞伤
在太阳照不到的时候
发出你不熄的爱怜
我静静聆听，极轻极远
却感知到你昼夜运行的时光流年

2014 年 7 月

一地落叶

古老的大叶榕
你不分昼夜
也不分春夏秋冬
随心所欲
飘飘洒洒
每天都能见到
一地的殊荣
这是你的魂魄
吐故纳新的自由心性

你的根在天堂与大地
重唱赞美诗
汲取地球母亲的滋养
你的枝在天堂与人间
沐浴宇宙精华
禀受日月之灵光

古老的大叶榕
你虽然不能载入栋梁史册
但你顶天立地，浩浩然
你生命葆有的曼妙风景
竟是内心的淡定与从容

2019 年 4 月

听　泉

清凉澄澈的水
从地泉中汩汩流出
不知疲倦，未曾退缩
从古至今

鸟儿常常依偎在你的身旁
听泉水叮咚
但鸟儿却不知时间
无限与永恒
只是呼啦啦地振翅
急速地飞西飞东

泉水阅尽地面的一切枯荣
习惯大自然的风起云涌
每当我听到你絮絮低语
就像时针的滴答声
年轻时的青涩与纯情
纵使在多年后回味
仍然是彩画一幅

面对浩瀚的光阴
青青的河边草
悠悠的夏日情
轻触一段时光岁月
或精致或平淡
都如这泉水
虽无波光潋滟
但常常在我的心灵深处
发出超越自我的共鸣

2019 年 6 月

面对大海

向南，向南
直达海岸终点
一路有北斗导航
还有芳草添香
面对南海的波涛
无垠的湛蓝
我们的热血
炉火般的殷红
那自由自在的浪花
海的精魂
让清冷的月亮
都为之震撼
一群海燕
在天海之间穿行
高傲的精灵
箭一般飞舞掠过
面对大海
我们的灵魂如凤凰涅槃

2019 年 7 月

人间四月，芳菲季

湖畔，幽静是未醒的风铃
红与绿的城市，海绵小路
逶迤延伸，我绕湖慢行
纤纤的桉树浓密茂盛

湖波粼粼，澄澈如明镜
浩浩地盛满幽幽的深情
我以一种雅趣的格调
垂钓者身影闲静得像剪影
心中的悠然与湖波纹理
编织大千世界的淡淡人生

鸟鸣，格外真切
在童话般的绿荫里
入心入镜的妙韵清清
我不想说梨花洁白纯美
也不想说桃花绚烂痴情
芳菲婉转的人间四月天
花开花落，光阴兀自流淌

多彩的花儿无需言语表达
风会记住每一缕花香
雨飘过心扉，安静清宁
也有无挂碍的简约纯粹
是我呈给四月芳菲季
由内而外的真切与端凝

2019 年 4 月

南海风情

雨击退了热浪
大海送来了凉爽的风
风儿吹拂着人们的肌肤
像情侣呢喃细语
又像春天的柳丝温柔多情

一轮明月
缓缓地露出海面
如姗姗来迟的姑娘
皎洁，纯美
惊呆了寂寞的夜空
跨海大桥如一条巨龙
在月亮之下尽显威风
我们的军港披着南海的银光
我的思绪被拉得悠长悠长

我们坐在海边的礁石上
倾听幽蓝的波涛奏起军港之歌
是雄壮的钢琴交响曲
又是七弦琴的悠扬
年轻的水兵在欢唱
椰树摇曳着朴实的沙沙声

捧一缕岁月的清风
赢得了一抹心灵的宁静
我们轻拥大海赐予的和谐
面对红尘喧嚣

无数次演绎生命的色彩
或淡或浓，温润婉约了
似水流年的南海风情

2019 年 6 月

共捻梅枝

我在海边静候
海鸥飞向天际的弧线身影
小鸟却从红树林中
传来了叽叽喳喳的叫声
欢快得让人想起了
草原烈马的嘶鸣
海上的船依然忙碌
风儿无法让叶子转动
水中的鱼仔竞相追逐
斑斓的海螺与汽笛
汇成海湾的精灵
岸边的草坪早已新绿
隔年的梅花正在弄影
这湛蓝的一湾海水
是人们永远的眷恋
无法枯竭的不了情
我与友人共捻梅枝
花粉香飘情一种

2019 年 1 月

花非花

叶润润的黄
花盈盈的红
生命随风雨而自在从容
在这里回归泥土
在一花一叶间流转飞扬

夏蓬勃，夏枯荣
那花非花，雾非雾
让日子在温暖的光阴里穿过
从目光转向星月共存的天空

岁月的期待与未来无声邂逅
任韶华无痕，任流水无情
倾尽了一季的芬芳
散尽了淡雅的殊荣

所有的
悲喜与历练
隐忍与刚强
平淡与释怀
虽无人能懂
但自感安然　清清

2019 年 7 月

追忆似水年华

风吹落了一地秋颜
明月依然清晖未减
那似水的年华
如悠悠的云朵
又恰似软软的花瓣
真诚，温暖，自然
流星雨般的灯火在无言的树丛
直击我心底的那份思念
思念原是不能走进的月台
是无法抵达的幽幽海湾
那些纯净的笑脸，泛黄的照片
珍藏着往日的青春少年
我捻一缕秋色
写下这似水年华的永恒记忆
通过已经搁浅的键盘
把绵绵的心念轻轻地
发送到遥远的彼岸

2018 年 9 月

九月情怀

打开落叶，就像打开秋天的画册
秋风渐渐消散了花草的香气
我喜欢略冷，总强于粗犷的热
有如少女微红的脸
一丝羞涩在黄昏中寂寞地划过
风凝视着大地的圣果
不论何时都铭记秋的颜色
我崇拜大地的一切种子
即使在冬雪的日子里依然插着翅膀
静静地等待发芽飞翔的时刻
我想着北方九月的金色
就如我怀念多年的燕子
伴着山涧翠鸟的和鸣
在火红的叶子上轻轻停落

2018 年 9 月

一片无名的竹林

微风摇落满地的树影
雀鸟啼落了婆娑的一天
翠绿的竹林谜一样幽静
我与竹林隔着深深的郁闷空间
我希望逢着一个洒洒的小斋
又有一个远离尘世的高人
但见“竹林七贤”衣袂飘飘
持酒狂歌那千年诗篇
那古典遗风竟在蓬蓬竹间
让“竹溪六逸”也就此不凡
中空有节坚韧傲骨之魂
那是不为权贵低眉折腰的风韵
一股幽深的素雅之气袭来
我于平淡中涤去许多杂念
这生于斯长于斯的无名竹林
虽然没有马来西亚的红竹可爱
也没有巴蜀南部竹海的无际无边
但它们以数百株成一丛的强悍
其祖先是否承载着一个大国的梦想
在绿色的土地彪炳千秋而浩浩然

2015 年 2 月

百合情

我喜欢百合
因你是由夏娃的泪水筑成
你纯洁
氤氲清香
心中没有车马的喧嚣
也没有红尘的纷扰烦忧
你裹挟着如花的洪流
净化着人们心中的梦

你含情脉脉
常常发出淡淡的幽香
犹如婀娜多姿的清秀佳人
阳光点亮一段风情往事
温润了心底深处的那片柔情
你将遗落在心中的尘埃洗涤
又将悲喜忧伤消散在风中

你就是这样
氤氲清浅，守住自己的内心
云淡风轻，让我们纵情地铺开思路
采撷一束关于百合的故事
做个安然而又高傲的聆听者
聆听百合那纯洁不灭的情

2018 年 10 月

芦苇荡

很久很久以前，我们曾经行走在芦苇荡

雨雪，干枯，荒凉，是芦苇生命的最后绝唱
严冬吸干了它们的血液
又被西北风揉碎了脊梁
那蜿蜒遥远的小路
没有村落
不见庄稼地和牛羊
只有无尽的芦苇在寒风中萧瑟
就像衰老的暮年，对于岁月虔诚
膜拜，发出最后的辉煌
一群麻雀携风闯入芦苇荡
它们有意隐匿在芦苇中
和我们捉起了迷藏
我们无奈、干渴、疲惫
然而这一次偶然的相遇
竟是我们和天地之间只有一个秘密的约定
前行，前行
从清晨到傍晚
一切都化作了甜甜的微笑
我们听到了死去的芦苇夏日波动的心房

很久很久以前，我们曾经穿越过芦苇荡

2018 年 9 月

秋　日

夕阳下，秋色辽阔
那熟透的玉米
还在襁褓中就做着青纱帐的梦
对黑土地的深深眷恋
原是骨子里的奉献与忠诚
谁也不会出卖灵魂
谁也不会背叛本性
每一棵都齐心加油呐喊
舞动着丝绒般的朵朵红缨
拔节、扬花、抽穗
在东北大平原上发散数日
规模恢宏地从田间涌向山冈
在汗水中酝酿了一场秋收暴动
长风空荡荡地掠过山野
那一刻，夕阳下千姿百态的秋光
还有那玉米苗的青涩味道
已化为家家户户窗前的一片金黄

2015 年 6 月

夏日的风

夏日的风，从海上吹来
那一湾茫茫的碧水
轻轻地撞击着海岸的沙滩
远处的迷蒙山野
宛如紫色的薰衣草
被风吹起了一道道皱纹
我不是自由缪斯的孤独恋人
在风中，椰树轻轻摇动
绿荫下，一对对青年爱侣
手拉手，十指相扣
就像那缠绵的藤萝
在六月南国的夕阳下
上演着轰轰烈烈的恋情
林边的芭蕉依然火红
在风中，那记忆的跋涉
伴侣携手共诉岁月的衷情
也许灵魂会慢慢老去
当白发时重温起这片岛
你们是否还记得海上夏日的风

2014 年 12 月

飘逝的银杏叶

秋风把远处的山吹到眼前
那些高大斑驳的银杏树
有着怎样的前世今生
亿万年前遍布欧亚大陆
如今珍藏在高楼林立的街旁
这古老的活化石已脱去了绿色
竟被上苍点染成了绝世的金黄
在时间的深处，银杏树充满热情
树的波纹流向我，让我想起了
那些有关银杏树的爱情故事
可就在牵手之间，一切都改变了模样
知了、蜻蜓、蛙声渐行渐远
轻狂的秋风为何如此无情
你不见银杏叶正用战战兢兢的眼神
等待着即将飘逝而又无影无踪
夕阳的最后一缕霞光
在我的视线里渐渐地滑落
银杏叶荡起了如花的舞姿
载着雨滴瑟瑟地低空飞行
就让银杏树再做一回
属于自己的金色的梦吧
在生命即将走到尽头之时
还用最后的余音装点着大地
以不死的灵魂完成生命的旅程

2015 年 6 月

一束光

我曾经拼命地追寻着一束光
希望它慢慢地沐浴在我的身上
可那束光不如我所愿
更不归我所收藏
我无法把它剪下
也无法把它留在山坡上
从此我无缘于那束光
它悄悄溜走后
竟停留在遥远的地方
那里有如玉龙雪山的圣洁
又有花开遍野的微风清香
那束光也许瞬间就会消失
一旦出现就会洒满万丈光芒
那束光也许永远不曾熄灭
总有一天，会来到
每一个寻梦人的身旁

2015 年 5 月

彼岸，思念的风

彼岸的风，为何这样清
那里有我栽的桂花树
在水的一方年年浮动
树下的那位青年
你是否记得悠悠的洞箫
是否记得花下迷人的歌声
我收藏的那本青春画册
早已浮沉在时间的江畔
在那片被打磨的土地上
留下了你永不褪色的身影
那静静的山坡下
依稀可见袅袅炊烟
满眼青翠的深处，是你
常常闯入我的梦境
斜阳一抹在遥山相对中西去
溶溶的碧波如岁月流向远方
记忆的窗前闪过你温柔的笑靥
彼岸，飘来了我思念的风

2015 年 1 月

山巅之云

山巅之云，是那样安静
你慢慢越过晴朗的天空
给大地投下了淡淡的阴影
你用那蒙蒙的露珠
满腔的真诚和惆怅
唤醒蓓蕾的灵性
让万物拥有曼妙和希望
原来你是紫气东来的祥云
又与蓝天有着长相厮守的恋情
气度高华的山巅之云
沉静自持，何惧暴雨狂风
当山峦铺上了星辰和月亮
我的心中还留有一角的天空
赤红的旭日展开了火焰般的羽翅
山巅就像不透阳光的屋顶
太阳在编织它的色彩
大地充满湿润和欢腾
岁月静好，白云，蓝天
还有抚爱树叶的清风

2015 年 1 月

哲人与激情

——读赵金钟的《倚树听流泉》

你的心血熔铸了一部评传
你的激情撞击着每个读者的心灵
追索唐河冯氏友兰家族的文化史迹
品味耕读家风飘溢的古韵书香
那不是回忆，也不是老式的照相
三松堂兄妹的人生境界，清雅幽芳
历久弥新，让人回肠百转
六月的夕阳，有些火辣
更加点燃我读书的热情
书中的每一角落，字字行行
无不燃烧着对文化血脉的拳拳守望
哲人美髯公的飘然风度
那是藏在骨内的锋芒
时代的云朵洞开两代女作家的
心灵之火、智慧之光
燃烧的激情如岩浆在你的心中滚烫
读书并不寂寞，倚树听流泉
让我常常望山入梦乡

2015 年 7 月

种　子

一阵阵清风，飘向远方
像蒲公英，做着美妙的梦

一声声鸟鸣，音符单纯
固守家园，洒满绿色的山冈

一滴滴汗水，滚落泥土
浇灌成绝世的金黄

一串串雨珠，回归大地
激起新生命的渴望

微小的种子，破土而出
就可以汇集成巨大的波浪

2019 年 3 月

一切尚未终结

你没有迷人的花朵
也没有纤纤翠绿的身影
也许在很多年前
你就枯萎流浪在荒漠中

抱团阻止肆虐的狂风啊
你的种子隐藏在荆棘里
遇到雨水的冲刷
就会迸裂而涌
几个小时嫩芽破土
立即开花，结种

烈日又将你枯干
风沙又吹打着你的筋骨
但一切尚未终结
不知多久多久
这些荒漠中的精灵啊
又在雨水中死而复生

注：诗中的植物是指扎木棵，一种有刺的蒿草，又名“流浪草”。

2019 年 3 月

夏　葵

在夏花生生不绝的大地上
它们脚踏时代的热土
坚定地朝着同一方向
如列队的士兵庄严而神圣
我们穿越紧密簇拥的葵园
金黄的花瓣临风摇曳
一朵朵葵花相向轻轻耳语
又低头若有所思，充满着
赤子般的炙热与真诚
那风姿绰约、华丽绽放的葵林
让我的心顿时升腾了
一种无法抑制的震撼与凝重
葵的生命不仅充盈着天地的元气
还有神灵赋予的群体草根性
葵以无限耐力扎根贫瘠的土地
在质朴的灵魂深处，我看到了
一代人奉献与向上的坚守
那重重叠叠如水的绿浪
正燃烧着火热的愉悦激情
走向了生命绝唱的永恒

2014 年 11 月

落叶秋风

人们在微风中穿行
踏着死亡的枯叶气息
感叹秋风的肃杀
岁月更替的无情
想着这城里的一切
废墟与角落，浮浅与躁动
还有那离调的冷冷流歌
就像枯叶下蠢蠢的昆虫
稳重的树不羡慕风的狂野
流行色也填补不了风的虚空
大地铺缀的野花已经逃匿
夕阳无力把满山的落叶唤醒

2018 年 10 月

秋　歌

太阳失去温暖，燕子蹁跹地飞走了
凄艳的残花，对着泥土哭泣
枯黄的原野，任凭秋风的袭扰
大路旁的老树发出了阵阵叹息

寂寞的柳林，遮不住旧日的柔情蜜意
小溪在苟延残喘，青蛙早已没了踪迹
几只饥肠辘辘的乌鸦，在林边跳上跳下
牧羊人孤凉的歌声还停留在空旷的田野里

肃杀的古园，记载着繁华的往事
那数也数不清的秋的愁绪
不免让人，怅惜喧嚣的夏日
怎肯品尝残秋那点温存的爱意

残阳的余晖，执着地眷恋那片柳林
我迢遥的梦，还流连于夏季
即使有一天，梦会像冰一样凝结
我不倦的心仍与早春的花朵相拥相契

2014 年 11 月

乡　愁

乡愁是山坡盛开的梨花
洁白得如同少女的心灵
在那山道弯弯的小路上
承载着多少遥远的梦

乡愁是山下清清的溪水
两岸铺满迷人的茅草
随着蝴蝶的叮咚飞舞
跳动着少女发丝上的红绳

乡愁是漫山飞舞的红叶
微风飘来了山野的清香
家家庭院挂满金色的玉米
忧郁的大雁不知飞向何方

乡愁是纷扬的鹅毛大雪
在那静穆的银色世界里
一对青年爱侣相依相拥
装点着袅袅炊烟的圣境

2015 年 2 月

桃花岛上没有浪漫情人

桃花岛上的桃花树
呼唤着微雨和温暖的风
尽管只有几棵刚刚吐蕊
但我们的心仍然不减欢畅

桃花岛上没有浪漫情人
倒春寒没有给他们准备阳光
只有花的崇拜者才一如既往

并不是所有的树都开花
并不是所有的花都四季飘香
木棉燃尽了残冬的热血
梅花傲雪
苍劲已消融

杨柳虽然普通
但春天的翠绿
秋天铺天盖地的金黄
将荒山染成风情万种
桃花岛上没有浪漫的情人
在余晖中
只有那些花的崇拜者
聆听大自然亘古回荡的歌声

2019 年 2 月

是谁在青山绿水的深处

是谁在青山绿水的深处
惹来了游人无数
凭一湖碧水淡去浮尘
整个人清新脱俗

春醉浮动湖边的杨柳
拨动着大地的琴音突兀
心中的微笑抵达山野的性灵
旭日下多少莺歌燕舞

那些散落大地的音符
跳跃着欢呼着
幻化成一片片绿荫
映衬着繁花锦簇

摘一枚花瓣儿捧在手
嗅着那带醉意的芬芳
竟忘了来时的路

2018 年 9 月

青春絮语

在水色的月光里
我悄然倾听
倾听小路旁盛开的花朵
悍然向周围的世界
展示自己火热的激情

在回首间，把昨天的故事
与今天重叠，岁月
竟变得很薄很淡
那个曾与我一同赏花的
爽朗青年，无论我如何追寻
年轻的模样如云影掠过
那一抹浅浅微笑
早已隐没在日落后的山峦

打开那已经发黄的青春日记
命运将它装订得极为粗糙
待花的灵魂尚未衰落在繁枝之前
我以一颗淡定的心
读了一遍又一遍，然而青春
竟像一枚生涩的橄榄

2014 年 7 月

大爱无疆

我与无数个与我一样的人
以几千年仁义的君子风度
相信爱的本质和力量
如同生命的单纯和善良

那遥远的历史长河
所流经之处
总是草儿青青
总是鲜花怒放

天空时而出现了雾霾
怎能遮蔽太阳的辉煌
那腐败恶臭的浮尸缠着谎言
企图把河水搅成黑浪
远去的大雁正在奋力振翅高飞
将给人们带来大爱和吉祥

我与无数个与我一样的人
从早到晚，如同殉道者
用那大爱无疆之心，去播种荒原
心到达的地方就会遍野芬芳

2019 年 11 月

诗三十首

史习斌

70后，生于湖北，现居广东。文学博士，教授，中国作家协会会员。力求创作、批评与研究三位一体。在《民族文学》《延河》《诗潮》《汉诗》等刊物上发表各体作品近200篇（首），在《中国现代文学研究丛刊》《民族文学研究》《当代作家评论》等刊物上发表学术论文近40篇。独著《阳光落到低处》《隔岸的灯火》《文学批评与文本聚焦》《〈新月〉：一种同人期刊与自由媒介的综合透视》等，另有合著及编著著作数部。

春　天

幸运的是在这世上
我还有一位父亲
唯一的父亲把女儿嫁给我
把春天寄给他的女儿，也寄给了我

打开包裹，被囚禁的香气
穿越三千里故土而来
父亲说，这树所带来的春天气息
有一个人最喜欢吃，从小吃到大
这句话写在快递单上
只有那个人能看见

我打开包裹，如打开那年早春
父亲来不及说出的嘱托
香气袭来，我知道，我的生父
躺在四月的墓穴里微笑
我的生父，他闻到了
来自人间的芬芳

2018 年 4 月

故乡的雪

多年未见
甜甜的洁白的冰凉
雪融化在故乡
故乡模糊于雪水
清溪婉转，四季流淌

半生冬眠，绿叶纷飞
飘洒在遥远的雪域
今晨，推开故乡的窗子
冰封的记忆扑面。对抗
四十度的体温

此刻，山里滴泪成冰
寒气窒息每一缕炊烟
那久违的圣洁的雪啊
占满故乡的每一个角落
父母的坟前也不例外

远离故乡的季节
雪花总是不约而至
落满村头
落满枝头
落满心头

2017 年 12 月

这里从不下雪

这里从不下雪
这里的人谈到雪
激动不已，胜过
男人谈论女人

我理解他们
就像我们小时候谈到海
海风、沙滩、贝壳和渔船
谈到城市，山洼之外的
天空与远方

一叶小舟漂流至海
山鸟追随变身海鸥
每一滴海水都来自山溪
都化自故乡的雪

故乡的雪是自带钥匙的访客
自由出入记忆之门
深夜，月光澄澈
广袤的故土深处
一片雪花穿越梦境
落入温暖的掌心

这是最后一片雪花
乡土诗人死掉的眼泪
被游子点亮，成为
照耀还乡之路的孤灯

这里从不下雪
苏子苏醒，曰：
此心安顿处
雪花消失时

2017 年 12 月

回　去

一个被广东人称为北方人的湖北人
其实是一个南方人
一个南方人在冬天回到南方

回去的时候往北走
添上一层一层的喜怯
裹紧乡愁

回去的时候往南走
褪掉一件一件的心事
露出乡愁

2019 年 3 月

丢失的记忆

黄昏之前，一颗脑袋
在夕光中打坐
故事的敲打，岁月的刻痕
串成透明的记忆光珠
从指缝间粒粒滑过

一道白光闪耀
焚毁记忆的源头
从出生到记事，一段空白
丢失在父母心底
被爱涂抹，五彩缤纷

多少远去的欢声在回响
多少遗落的笑容被捡起
你忘得一干二净的
父母记得清清楚楚
正是所有父辈的珍藏
才将一代代丢失的记忆补齐

当记忆衰退甚至变成老年痴呆
又回到孩童时的混沌
那些恨过的事爱过的人
都是过眼烟云
生死之交的朋友
生养过的亲人
终将成为丢失的记忆
雪花纷飞，一层层
覆盖走过的路

直至终点，成为空白

好在一个人丢失的
总有另一个人为其保存
然而既然注定要丢失
又何必产生

2018 年 1 月

在阳台

此时，寒气被锁在遥远的村庄
雪花的快乐被冻僵在记忆里

阳光穿过层层尘埃
在冬日的午后，在小城的阳台
纯洁而温热的相遇
瞬间赐予我半生幸福

阳台上天地狭小
她养的七色花在和风中摇曳
衣裙上的小熊笨笨地走下来
和小公主手拉手跳稚嫩的舞

我在阳光下静静地注视着
用婴儿之眼滤掉半生忧伤
顺便拜访一些忘却的旧事
狭小的天地顿时广阔无边

2016 年 12 月

冬季在阳台晒太阳

要串起多少偶然
才能相遇在这样的情境中
植物与泥土离开家园
鸟儿忘记飞翔
暖阳如北国之雪照耀
一半光明，一半阴影

放飞的鹦鹉回到鸟笼
那么多花草交付自己
这阵风摇动那朵花
那束光照亮这棵树
都是前世埋下的伏笔
我一转身，你正回头

阳光正好，再晒一会儿
晒着晒着就是一辈子
思想裹着身体渐渐苏醒
光明被阴影包围
冬季，多少人如我
在阳光中悄悄老去

2018 年 1 月

凌晨四点的声音

乳婴在凌晨四点哭泣
一声叹息打开半梦中的耳朵

三点半，一群幽灵从夜场归来
大排量的拉风车叫醒整条街
舞女的高跟鞋踩疼醉客的钞票
阿黄的吠叫无人理睬
幽灵们在路灯下高谈
无视暗中幽灵的诅咒
没睡的和醒来的都要闹出点动静
唯有无名的和沉睡的，寂静无声

催促，埋怨，叹息，嬉笑
卧榻之内，有人在交谈
围墙外六点半的起床音乐
床头柜六点五十的闹钟
都在凌晨四点响起

五点整，清洁工翻倒路边的垃圾桶
我敲打键盘，采集凌晨四点的声音

2017 年 5 月

染发剂

小时候头发很黄
爸爸捡来满山核桃
终于吃出一头黝黑

年轻的时候
飘着一头金发穿梭于人群
起伏的波浪俘获了他的心

现在，我用六十年的时间
萃取出光阴、苦难和幸福
染我满头银发

多想把头发染成自然的
黝黑，或儿时的纯黄
可是，染发剂呢？

2014 年 8 月

一支芦苇

1
你是一岁的国王
每天在 80 平方米的国土上
来回巡视
翻箱倒柜
清点自己的家产

2
你的表情很透明
笑哭都写在脸上
有时又很深奥
在不该笑时哈哈大笑
在高兴时发出长叹

3
你的要求很简单
吃得饱
睡得香

4
睡着时
你的世界很小
小成一支芦苇
静静思考
当你醒来
万物是你的玩具
尘埃也是你研究的对象
你的世界很大

5

当你用小手准确地指出
嘴巴、鼻子和头发的位置
你完成了一个哲学难题
“认识你自己”

6

我把你顶在头上
热腾腾的温泉流下来
浇灌着我的心

7

那天我突然从外婆手里
夺过一盆尿布
洗得干干净净
在你的生命里
我不能缺了这一课

8

我不敢直视你的眼睛
我怕照出一个成人的肮脏

9

本该担心的
当你学会诡计和撒谎
不知为什么
我欣慰地笑了

10

你的小手重重地落在我的脸上
我很享受这种疼痛

11

你的本领一天天增多
我的用处一天天减少

12

你一天天长大
我也一天天长大
不全是陪你
还陪我自己

13

给了我那么多感动
你却浑然不知

14

你给我的快乐
远比我给你的多

15

是你的单纯启发我
用减法去活

2018 年 12 月

那年，我们去远行

车轮碾碎烦恼，从抵达
出发。窗外镜中画里如梦
多年以后，午后的阳光返回
那年，我们去远行
你把自己隐藏在花海人流
如拂晓时分荷叶上的一滴露珠

雪山让你更丰腴
马帮走过，山野铃声阵阵
繁花半谢，草原上牛羊散漫
我们节约着呼吸
生怕耗尽对方的氧气

到远处去——
乡下，纳西小院月波如水
在荡漾的时光中
你说，走吧，亲爱的
今夜我想再为你生一个孩子
…………

2017 年 11 月

在路上

一个人少走多少路
就会错过多少风景
亏欠多少故事

所有的地图血脉相通
车轮滚动着万里山河
挤进镜头的活物被光圈勒紧脖子
窒息为凝固的标本。突然
绝美画框的背景深处
溅出安静的血渍和殷红的呼号
被碾碎的头骨，骨髓喂养的花朵
逃亡的麋鹿，饥饿的儿童
一大串影子与阳光一起奔跑

终于来到梦中的圣境
羞于独享，又不忍宣告
就这样在瞬间相遇
一次短暂的对视
成为一生的温暖

一切都是未完成式
在路上。一生的旅行
走不完的在远方
想不明白的属于未来
旅途没有终点，只有车站
换乘，或者调头
是对抗时间的最佳方式

2017 年 12 月

在马六甲

一棵无根的树
一条漂泊的水道
在这里相遇

如时钟的精确撞击
祷告的提醒飘到酒店的台灯下
斋月里，炊烟邪恶
有人打包食物
偷偷填充淡化信仰的胃

鸡场街不养鸡，在马六甲
神父失去右手，圣地亚哥城堡
没有围墙。同一条街人群游弋
黑人，白人，黄人
马来人，华人，印度人
……
观音菩萨，佛祖，耶稣
大伯公，财神爷
……
穿越迷雾来到马六甲
找到各自的经纬

在马六甲，只有我
一个持深褐色护照的中国人
不识来路
找不到归程

2018 年 6 月

渡

天堑是老天的天真
水再浩大
一船足矣
剪海而渡
需要的只是时间

海峡两岸
渡船日夜折返
熙来攘往
渡舟车人货
渡分离团聚
不能渡的
是人心

只要有渡
就有靠岸的希望
即便此岸与彼岸
是一个永远的错觉

2018 年 1 月

浪　花

海面心如止水
小小的波澜如微笑
消失于无边之水

只有航船经过
才会激起浪花
书写波澜壮阔的爱情

人人都害怕风浪
都信奉平淡是福
都习惯走预定的航线

那么多无心动的爱，无爱的婚姻
那么多顺从、隐忍、凑合和无奈
那么多人，为活而无所不能

偶有反抗，必被摧毁
或被囚于无物之阵
最后安静地离开，彻底消失

人心的航程远比大海广阔
人的一生至少要掀起一次浪花
至少要让生命的浪花持续几秒

2018 年 1 月

听　涛

直至午夜
时间才肯为人洗掉纤尘
端坐陆地边缘
领会某种神秘的暗示
听凭浪波轻抚
由远及近，没过全身

涛声穿透透明的黑暗
抵达，又抵达
拭去今生的伤痕
不得不承认
在大海面前
快乐是廉价的
痛苦是那么脆弱
那些叹息、呜咽与呼号
只是她的一次呼吸

这一刻，在她面前
我愿意解除所有的武装
放下仇视，收藏信仰
把自己软成一朵浪花
循着歌声与鱼尾而去
听不见涛声
只有心跳

终于
在这神谕的时刻
听懂了大海的诉说
听到了内心的秘密

2019 年 2 月

隐 （之一）

和自己说好的
去到山林
非僧非道
无庙无观

来到山林
不为野鹤闲云
不为花香溪鸣
只为来到

仍然弯腰，颔首
把头埋进荒草
长久地隐而不发
只为那一瞬

我来到山林
只为那一瞬
只为那瞬间的
隐

2017 年 11 月

隐 （之二）

掠食者众，领地重叠
初生羔羊静卧草丛
隐藏如丝的气味

草中或有精华
有毒也未可知
一只羊为尊严
血洗江湖，归隐

从此远离柔弱的诗
枯燥的哲学
疯狂的宗教
隐士的世界该高过云端
或低于地狱十八层
如有纷扰必是天籁
如有杀戮定是饮露的唇

然而你还是来了
凡间仇敌，温柔的午后
礼貌来访。无言，无视
真的隐士自然知道
把心脏对准你冰冷的剑
沉沉睡去

如果不再醒来
我不会怪你

2017 年 11 月

低　处

河水竞流，飞鸟啄食
低处是必争之地
重力压低身段
从云端降落，抵达
万物最后的归宿

泥土长出丰盛的胃
婴孩透明的笑洗涤心灵
阳光落到低处
灼伤隐藏的黑暗
照耀人群

那么多人从四处赶来
山冈，河谷，洞穴
告别飞翔，低到尘埃
低到各自最初的来处

生命低到死亡
活着就是重新开始

2017 年 12 月

没有月光的夜晚

是谁偷走了西天月
水中影，毫无征兆地
将飞翔的夜打回原形
是谁没收了所有的光
让时间打了个盹
所有的夜行者没了方向
只能闭着眼睛盲目前行

是谁在夜里呼唤
在没有月光的夜晚
唱泣血的歌
声嘶力竭然后喑哑
倒下
或独自走向辽远的荒漠

没有月光的夜晚
钟情黑夜的人携手同庆
所有的诗意被统一封存
大地缄默，万物沉睡
冻僵的夜是一座冰锁的城

漆黑的没有月光的夜晚啊
只能循着记忆小径回到故乡
划一根火柴点亮心灯
在温暖的吊脚楼一遍遍温习
儿时的月光

儿时的月光多么纯洁

纯洁，如三岁女儿甜甜的笑
就在昨晚，笑声和月光
穿过阴云，穿过初春的寒冷
在和风撩起的窗帘边陪我
静静地陪我夜读，陪我写诗
待我倦了
合上书页送我进入梦乡

可就在梦里
不知谁偷走了我的月光
暗淡里根本无力抵抗
等我惊醒时天已大亮
所有的闹钟被主人取消
清晨静穆如夜
浓雾洒下一张硕大的网

多少人熟睡
多少人早起
多少人消失在这
没有月光的夜晚
又有多少人彻夜未眠
转身掉进无边的黑夜
捡拾心中微弱的月光

2016 年 3 月

残　荷

人说你是垂垂老妪
我说是风干的少女

一叶伞　一座莲　一段香　一粒子
都是前尘旧事

告别船歌夏雨朗月蛙鸣
闲遇有缘人

叶黄蓬枯心不伤
寂静风骨霜雪外

2018 年 11 月

咳　嗽

提醒，或者掩饰
真相从不说话

地动山摇面红耳赤
弓成虾球的只是身体

不仅仅是肺和气管
咳嗽，是内心的不平之鸣

最高境界是准备大咳一场
却咳不出一声

2018 年 11 月

刚刚好

雾不浓不薄
裹住的爱不深不浅
不藏不显

每一次这样的缠绵
自有恰到好处的刻度
比爱少一点
比浪多一点

岂止于此
房产，美人，珠宝
当然还有万卷诗书
百年修成的圣德
千年不遇的才华
甚至一抬脚就能
君临天下

什么都不用做
你说盛世只需躲藏
乱世才适合出来闲逛
什么都不做
一切刚刚好

活够了该活的年纪
就该悄悄离去
什么都不做
只留一丝遗憾
于本不完美的人间

2018 年 3 月

从教材里走出来（组诗）

鲁　迅

在不该离开的时候离开
结局似乎也不坏
如果日本人真拿枪顶着你的脑袋
何去何从作人弟弟不会告诉你
再往后，你拿出投枪和匕首
别人会射出子弹，如果你在
闻一多不会是第一个
又或许被关进牛棚，听
骨折的脆响和湖水的荡漾
…………

都敬你是硬汉
你的离开维护了你的形象
世道人心，看得太穿说得太透
这是你最大的“不是”

如此，不管是谁
都要把你供着
以示尊重和雅量
又不会真正以你为文帅
这就是你的悲剧
也是存在的价值

斗转星移
总有人真正记得
这是最大的安慰

沈从文

总说自己是乡下人
真的是乡下人

乡下，只是泥土的一道记号
山灵水澈。如有高下
村姑好于绅士的太太

从边城一路走来
都市没有你的位置
身后站着的是被你否定的世界

古老的湘西飘来田园牧歌
在城市上空弥漫
却进不了都市人的梦乡

你的梦如高楼房顶的一株嫩芽
令人欣喜，又催人惆怅
纯粹，柔弱，像翠翠一样

写了那么多水却不柔软
像一座山，挺拔倔强

徐志摩

以半生为一生
流星的灿烂因其短暂

如果还活着或活得更久
只要你愿意
大可以去祖国的大好河山走走

为景点写两句刻在石头上
去参加各种诗歌颁奖典礼
踏上红地毯给别人颁奖或领奖
被邀请去参加学术研讨会
一点一点挤出自身经历或文坛典故
千万要记住
发言务必精短，且在关键处打住
偶露蒙娜丽莎般的微笑
引人阐释争鸣
让学者索引考证，申报国家课题
当然也有人蔑你，批你，骂你
你知道他们想要什么
不用理，“呵呵”足矣

你的信仰是单纯的
爱，美，自由
如果不喜欢我说的这些
那就冰冻在美好的年华吧
不中年
不老年
做一个永远的大男孩
留几首诗让人吟诵
留几段情让人闲谈

林徽因

从教材某一页探出头来
款款走上讲台，衣裙纹理深处
藏着看不见的古建筑的灰尘
李庄的泥土，与岁月搏斗的痕迹
一声轻咳，瞬间平息了骚乱

聊聊建筑吧，那是我的专业
素手落处，却是一卷诗文
听者立刻变得兴奋
宿命中，你没有出声

时空在将启未启的唇边混乱
八月的忧愁，莲灯深笑
窗外，九十九度的热
四月天，那一晚
深夜的乐声，不息地变幻

眼里泛着光，却不能射出
迷离凄美的箭镞
哲学家的体系与逻辑
建筑学家的营造法式
诗人的呼吸
都是岸上生动的花开
异国的心跳绝非偶然
那是过往的热情，保存的真
山谷中留着的回音
一个丰富的口形，没有声音
人人都能听见那三个字：
别——丢——掉——

从民国画框里走出来的女子
不太适应二十一世纪的课堂
送给冰心的老坛醋她吃了吗
到底谁是民国第一才女
有人封你为女神，视你为传奇
你作何感想

显然，你不满于提问者的肤浅

娇中带愠，缓缓而归
回到教材刚刚走出的那一页
留下十六岁的初放与浅笑
准备在太太的客厅会见下一批
走进艺术深处的有缘人

张爱玲

大洋彼岸，月色昏黄
一朵萎谢的花再次萎谢
倒伏，风干
沉香的粉尘没入大海
回到不是故乡的故乡

初春，一段故事被封锁
无法考证，是什么让一个女子
高傲的眼神变低，低，低，低到尘埃
尘埃里开出花来，满心欢喜
义无反顾，将懂得化为慈悲

十字街头，传奇闪烁
破落的公馆仍挂着金锁
弄堂里石晕斑驳，胡琴咿呀
旧式丫头与浪荡公子
已找不到新时代的位置
真真假假的爱恋
迷失在人性的坐标

作为女人，刻薄而深刻
你的温情只在一瞬
转身之际，扯掉华袍的腰带
露出虱子和伤疤

你把阴暗写尽，涂满苍凉
回到童年的房间
在那里，一颗心被囚禁
预示了一生的答案

海　子

在诗的年代做一个诗人
你的愚笨很明智
给别人温暖
自己背朝大海
春不暖花不开
在你的墓前绽放着陌生人的孤独
伴你在古铜色的地底沉睡
长久，寂静，安详

浓缩而自我策划的一生
短过一个完整的青年
未经污染，带着贫穷
偏执，才华，走进密室
一心编织文字、幻想和远方
赤子之心被诗火点燃
急速燃烧，焚毁自己
灼伤一个时代的光芒

顺着天梯向上，离太阳太近
姐妹们没有得到你的爱
五月的江南，麦地枯黄
面对母亲干瘪的乳房
无以为报，这是最大的不甘
诗之外，王的羽毛被风吹散

那一天，灵魂在车轮的碾压下
复活，生命成为诗的注脚
死是提醒，诗歌日日疼痛
预言降临，在诗死亡之前
在你之后，再也没有人相信
诗比生命重要

你的“失败”让你成功
你的“成功”无法复制

2018 年 12 月—2019 年 3 月

新年献词

光明中保留一丝暗影
给普照的太阳以警醒

暗夜里点燃一束微光
给光明照不到的地方

2016 年 12 月

残　花

夕光中有多少叹息
告别枝头，朵朵垂落
如被打扰的心事

不该怀疑你的身世
卸掉所有的忧愁
燃烧后的眼神
灿烂至死的微笑

绽放在目光之外
凋零在意料之外

2018 年 5 月

肥皂泡

世人一眼就看穿你七彩的假
一秒就目睹了你的一生

虚幻和短暂恰是你的魅力
谁会为干瘪而苍白的生活欢呼

2019 年 1 月

雨

流浪的云
托不起肉身

闪电凿裂天地
卧倒的墙

与洗礼同在
罪孽倾泻，沉睡

逃逸的天光列队
唤作彩虹

2019 年 6 月

半山亭

大道弥漫，一场雨
骤降凡间。打坐
在山中林间亭台
以智慧入静，遗忘
时季与肉香

去路阻长，归途隐险
胸中丘壑赤裸
雨中，有人穿亭而去
有人吟咏而来，而我
苦于无法在亭中终养余年

有些时候
为了到达人所共知的地方
不得不走完那些多余的山水

2019 年 12 月

乌鸦

报丧鸟披上神的外衣
果然多了几分灵气
不需隐藏踪迹
坡岭峰谷，古树廊檐
1612 米，究竟是
越飞越沉还是
越飞越轻

一粒种子生于种子
发而为两瓣，三叶
成长为花，为果
此时的乌鸦
和所有布道的飞翔者
说着通天神会的鸟语
各自远去，万物花开

在无为而为之中
乌鸦成了哲学家

2019 年 9 月

诗三十首

宋立民

河南宁陵人，上海交通大学马克思主义民间文艺学与文化传播研究中心特聘研究员。参军6年，于河南大学求学6年，教书38年，专栏写作34年。2002年底南下湛江，在燕岭阁教书写作18年。1982年从《飞天·大学生诗苑》起步，后做记者，写各种评论与深度报道，辍诗笔十年。出版杂著十余部，《清明祭》入选《中国新文学大系·杂文卷》。

坚硬的呻吟（四首）

夏　雨

天将大雨，
商羊鼓舞。

——《鲁童谣》

夏雨　收聚五月荷风
款款入夜
丝丝缕缕为谁挥洒
你不再尘封了吗
你浑圆地释放了吗
远方　隐隐的雷声

杏花已卖过　江南
李贺的瘦驴
早摇晃成一粒棋子
你却淅淅沥沥
飘进我的记忆
莫非真是
浸润飞来石的天水

你给我世界的颜色
只为把绚丽卷走
我终于没敢下注
尽管
输得仪态万方
本是天意

养一汪夏雨在胸中
或许正应了
佛门的断食法
华枝春满
天心　月圆
通体灵明地去了又来
何须星光串起念珠

所有的回忆都与你相似
夏雨　且不说
五百年前的今夜
你已定格于
我的双眸
果真从天都峰顶
撩开一泓松涛
乘风直下
你如何分得清
谁是杨过
谁是小龙女

执　火

生物沐浴在我的光华里，
它们互称兄弟。
——（德）约翰尼斯·贝歇尔

当钟声如连江夜雨
打湿竹林
荡开一方寂静
执火者　抡圆双臂
翻动　沉睡既久
却等待起飞的群山

其实　没有火把
没有青剑和行囊
我也
认—得—出—你
地平线上
那个有雾的清晨
是你把阳光斟满了
轻轻递过来
递过来
像摇动一朵呐喊的玫瑰

面对真实的温热
我只有沉默
只有循着回声
在山谷与山谷之间
反复过滤
与你我有关的一切
直至尘埃落定
直至口渴
直至大愿会现形
目光被幸福颠覆

生命真好啊
你停留一下吧——
一千多年前
那个当过兵曹的瘦诗人
也曾如此浩叹
并用平平仄仄的火苗
点燃了一个
春—江—花—月—夜

生　日

绿蓑青笠浑无事，
醉卧一天风雨。
——白朴《摸鱼子》

不惑之年而后的生日
你就该悟了
不必醍醐灌顶
要来的
也一定会来

其实　生日
原本是一道
边沿殷红的年轮
记载着长长短短的隐喻
故事从东边出现
故事从西边出现
从某一嘹亮的血花中
出现
你说凤凰死后
还有凤凰
你说感谢所有因缘相助

当生命随着年轮
宽大而丰厚
生日恰是靠近终点的
又一刻度
轻轻抚平
昨夜的伤痕和梦痕
漂泊的我
终于触到了

时间深处升起的
蔚蓝的关怀

临界时分
生死交织的气息浮动
用眸子与心灵
静对天幕
鸽哨和着晨风
悄然送我
回到了源头

“你尽可以打倒他
却无法战胜他！”
——一个雨夜
海明威用双筒猎枪
打响一声惊雷
让两个世纪的懦夫
都不敢抬头

那天　也正是他
不惑之年而后的
一个生日

如　果

蓬山此去无多路，
青鸟殷勤为探看。
——李商隐《无题》

如果记得
太阳与鸟的真实
不必用乡愁的滋味品酒

你也会把自己折叠成
另一个人的姿势
并从此忘却
康桥或者诺丁山

如果企盼
真实的太阳与鸟
小城即刻会浮现
轰鸣的画面
汽笛吹出校园民谣
操场上开满
红红绿绿的学生
思路渐渐变窄
成为林荫中的幽径
太阳雨
以中四步的节奏
斜斜地呻吟
天风浩然
燕子静静地蝶游
无端空伫立
也是文竹或水仙的心情

如果太阳与鸟
归结为真实
旷野间自会升起
呼唤相追逐的回声
你将在每一个
让人总是想哭的雨后
细细地比较
两个名字中
相近的元音和辅音
摊开一地月光

你竟敢教她下棋
不知众多高手
都已跌入
红白相间的楚河

如果那句话
永远是真实
你会用目光思索
用动作回忆
间或用时断时续的清泪
阐释
或补充

2008 年 12 月

死水体随记（十一首）

老　子

夷希微居然是耶和华
金发哲人眼睛拳头大
紫气如细雨抚慰青牛
人龙李西出函谷潇洒

云在青天是道法自然
珊瑚在心底开成彩霞
能酣眠莫论高低上下
大白若辱本不算装傻

光明的清音常常暗哑
凌空超人脚踏在地下
岁月有情无私者长久
舌头总是熬得过门牙

致虚守静妙处在自得
金山美玉压塌了女娲
想要充盈先凿个低洼
午后的奢侈一壶苦茶

万物平齐圣人不偏狭
天地演奏风箱的琵琶
坐拥西施别再说审美
朝令夕改谁能不狡黠

你告别中原远走天涯

留一群学者天天吵架
天将救之必以慈卫之
民利二字让万世咨嗟

2011 年 8 月

孔　子

听齐国韶乐娶宋国姑娘
当鲁国部长访卫国女皇
据说孔仲尼拜老子为师
无奈乡车颠簸行色恓惶

远鬼神却说祭神如神在
赞简朴又高呼唯酒无量
来拜师最公平都携腊肉
傍大款请不要身列门墙

左手叫恻隐右手叫羞恶
右脚叫是非左脚叫辞让
惩罚叫普天下穷困难当
浮云叫富贵却丧尽天良

最不易常回家满面春风
最苦闷后半生不见周公
最风流沂水河洗澡吟咏
最悲催爱美色胜过德行

畏大人天命畏圣人之言
乐俯仰无愧乐二老近前
只身暴虎冯河憨也子路
一生安贫乐道伟哉颜渊

六十九岁送走爱子孔鲤
七十一岁春秋终于绝笔
梳理完风雅颂至今清丽
唱一句和为贵道尽天机

2010年2月

离　家

清明总是被小雨湿透
麻雀叫醒了一树梨花
母亲睡着我悄悄起身
我要小别郊外的庄稼

麦田集结好等待起飞
油菜抖动嫩黄的枝丫
最是河畔相思的垂柳
轻轻抚平脚下的喧哗

坐在飘香的包子铺边
拿一本我在梦里梦见
走过来触碰我的身体
惠特曼是呼啸的狐狸

母亲胡乱加重着行囊
不知道港城美腿琳琅
书籍与被褥打包邮寄
可惜荆芥种不到南方

清明来了父亲不再来
黄河依旧雄浑而平静
清明是我年年的父亲

父亲是我低泣的清明

这个清晨我又要离家
海边有我湛蓝的牵挂
不知道还能回家几趟
梨花是否能代替泪花

2011年清明

黎　明

又一个黎明又在天成
水鸟鸣啾啾朝霞画凤
十里长堤抽一柄长剑
春潮抚摸呢喃的青荇

春潮抚摸呢喃的青荇
红衣少妇守候着良人
半醉的摩托沙滩沉睡
娃娃的脚印奶味葱茏

娃娃的脚印奶味葱茏
茅檐阳伞也蠢蠢欲动
贝壳璀璨搜集着目光
槟榔傻笑忘记了防风

槟榔傻笑忘记了防风
瞭望台上写满了诗情
老泰的船餐乡音缭绕
珊瑚礁托起海疆新梦

珊瑚礁托起海疆新梦

靶场上早已不见布熊
昨夜的少年挥汗投壶
准星惊呆了天外繁星

准星惊呆了天外繁星
凌晨的祈福浪漫隆重
小情侣芳名跃然宣纸
孔明灯起飞照彻夜空

孔明灯起飞照彻夜空
返老还童是三耳先生
亲人在侧羊年多温蔼
又一个黎明又在天成

2015 年 2 月

诗　人

你并不知道自己是诗人
你把我写成二月的沙滩
期盼着一串婴儿的脚印
期盼着一只问讯的鸿雁
期盼着一波抚摸的潮汐
期盼着一声赶海的呼唤
你并不知道自己的缠绵

你并不知道自己是诗人
你把我写成四月的山峦
等待着一岭碧绿的春信
等待着一路绯红的杜鹃
等待着一缕含羞的晨曦
等待着一阵雨雾的盘桓

你并不知道自己的伟岸

你并不知道自己是诗人
你把我写成六月的睡莲
梦想着一曲天外的梵音
梦想着一段前世的善缘
梦想着一株开花的菩提
梦想着一次醉心的流连
你并不知道自己的璀璨

你并不知道自己是诗人
你把我写成八月的婵娟
吟咏着一阕婉约的小令
吟咏着一串月下的珠帘
吟咏着一袭纯白的羽衣
吟咏着一位解语的蓝颜
你并不知道自己的浪漫

你并不知道自己是诗人
你把我写成十月的炊烟
眺望着一群铁铸的碉楼
眺望着一队远航的归帆
眺望着一片相思的枫林
眺望着一天奔涌的银汉
你并不知道自己的魔幻

你并不知道自己是诗人
你只是把我铸成了诗篇

2015 年 6 月

花　开

晨风里听花开的声音
花瓣呼吸渴望的素馨
滴露的蓓蕾晶莹柔嫩
重复的音节直逼灵魂

让不安的爱输给信仰
让信仰的蕊散布清芬
让清芬送来阵阵莺啼
让莺啼与君洞箫合鸣

晨风里听花开的声音
关闭手机潜身于朝暾
花心里有拔节的春潮
叶片上是翻卷的祥云

晨风里听花开的声音
护花自有港湾的芳心
侧身北望已香到三峡
清月抚平幻想的水痕

2009 年 3 月

遗　嘱

情人节我再度想起海子
想问他的马匹膘情如何
初春我悄悄表演安乐死
我的遗嘱躺在大海深处

我的遗嘱躺在大海深处

我的情人还在那间小屋
妩媚如雪而后立而望之
东西方情人节相差八天

我的遗嘱躺在大海深处
石斑鱼知道水母也知道
我说鲁迅全集交给老王
孔明灯留给补鞋的师傅

我的遗嘱躺在大海深处
那里的纳木错也是圣湖
想你像白雪流经唐古拉
雪峰魂灵是雪峰的全部

我的遗嘱躺在大海深处
月光潋滟不必再去读书
你敢点燃我最深的弱点
苍翠刺猬是岸边的椰树

传说情人节与宗教有关
其实所有情人都是菩萨
愿为南海风长逝入君怀
我把遗嘱种在大海深处

2012 年 10 月

音　乐

萨尔茨堡的音乐之声
吹浪漫魔笛挥洒生命
想要穿越巴洛克军营
莫扎特还是全能口令

萨尔茨堡的音乐之声
一夜唱红了同名电影
七个孩子扯提线木偶
演惊魂魔术换鸟腾笼

萨尔茨堡的音乐之声
年年八月的古典风情
九十老翁全西装手杖
资深美女们袅袅婷婷

萨尔茨堡的音乐之声
遮天蔽日全方位开动
如厕都听费加罗婚礼
一曲安魂谁愿意梦醒

萨尔茨堡的音乐之声
肃穆笼罩着千年老城
地下陵墓王者气翻卷
诚信的尊严一片青铜

萨尔茨堡的音乐之声
吹傻郁金香吹暖番红
棕榈叶下啤酒香撩人
手边的桌凳半是古董

萨尔茨堡的音乐之声
峰峦哺育的加味柠檬
叫街头琴音闪烁泪光
叫瓦芬冰雕愈发寒冷

萨尔茨堡的音乐之声
浇铸了历史灌溉文明

当艺术变为阳光雨露
灵与肉都是金色大厅

2014 年 7 月

小　手

握住你的小手睡一睡
窗外几只晨鸣的子规
南三涛声大面积刷屏
椰树枝条招摇着苍翠

握住你的小手睡一睡
稚气抖动海风与边陲
百日开启神农氏节奏
尤比的耳朵天然美味

握住你的小手睡一睡
功名利禄柳絮般飘飞
盼你长大又怕你长大
悲欢系上思想的芦苇

握住你的小手睡一睡
世界流入老爸的心扉
复归乎婴儿上善若水
与你同行是天地恩惠

2015 年 9 月

寸金桥

那一年我踩着 SARS 来报到

北国乡心贴上红土的浮雕
一百年的硝烟翻卷着咆哮
碑文告诉我题字的是董老
——十七年了我初恋的寸金桥

那一年桉树苗追着台风跑
望麻章路迢迢下雨黏似胶
回南天衬衣是一贴老膏药
斜坡上小餐馆名叫新凌霄
——十七年了我遥远的寸金桥

那一年汶川地震心如刀绞
捐钱物博客寻人几多通宵
手拉川籍学子听汽笛长啸
军港码头降半旗热泪盈盈
——十七年了我悲悯的寸金桥

那一年家父在昏迷中念叨
枕头下有一方婚礼的红包
孙女要回国摆酒依循老套
拍婚纱找个晴天去东海岛
——十七年了我泪浸的寸金桥

那一年恩师飞往圣彼得堡
赠别时花名册勾满了线条
哪些能创业哪些考研深造
零二级三位同学蔬食不饱
——十七年了我仁厚的寸金桥

那一年得意门生惜别支教
雅鲁藏布江水激荡起春潮
湛江妹子裹紧冻烂的手脚

格桑花挥洒着为师的骄傲
——十七年了我壮行的寸金桥

那一年聚宝安诗心逐浪高
红土人鹰击鱼跃情暖岭表
百岁野曼轮椅上点头微笑
谁曾想转瞬诗魂化入松涛
——十七年了我相思的寸金桥

今年我重回大平原的怀抱
老母亲缝好了久违的棉袄
梨花开遍寻不见昔日发小
垂髫小女天天在港城远眺
——十七年了我魂牵梦绕的寸金桥

2019 年 2 月

阿尔卑斯

在阿尔卑斯的腹地
有扯开哈达的雪水
小美女的录像机里
硬手臂摇动着轮椅

在阿尔卑斯的腹地
老国王绿成了湖水
大涟漪折叠出礼服
小林妖执剑戟护卫

在阿尔卑斯的腹地
牧羊犬放牧着草皮
水鸭子正表演俯冲

萨克斯吹醒了绝壁

在阿尔卑斯的腹地
印满了娃娃的足迹
目光都捏得出水珠
皮奶嘴咀嚼着晨曦

在阿尔卑斯的腹地
登山杖切割着微雨
用法桐叶编织箩筐
陶渊明搜集起山气

在阿尔卑斯的腹地
飘浮着银白的发丝
老奶奶牵引老爷爷
检索了历史的记忆

在阿尔卑斯的腹地
塔松群摇晃着神祇
花奶牛开满了山坡
蒲公英在水边清啼

在阿尔卑斯的腹地
远客是山风的儿子
在两个黎明的间隙
采集湖面上的梦呓

2012 年 8 月

二十四节气（四首）

立　夏

天放晴
小蛮腰才溜出来
悄然　扯开云锦
折叠成蔬果榨汁机

我把国风　九歌
逍遥游
唐三百
与胡云翼的宋词选
随手掰开
塞进微时代的填料口
霎时间
马鸣风萧萧
白鸟悠悠下

而后　缓缓流出来
七缕相思
五道剑气
三勺月光
两颊清泪
外加　一声叹息
染红的半缸老酒

2018 年立夏

秋　分

万顷湖天碧
一行飞鹭白
秋分　与长亭送别无关
与秋水秋海棠无关
与薄薄的书签有关
与那首酒喝干再斟满的
半摇滚有关
与荷香夹杂桂香的
粽子有关
因为每一次咀嚼
元音与辅音同样圆润

血痕点点的素描
其实全是心形
正如丰子恺
画佛都要 108 笔
在鸡鸣无法唤醒的黎明
梦境自会复萌

是的　羊群愈发辽远
微雨也渴盼小憩
那就　枕一头槐花
看　蝉倚高高树
听　莲开浅浅波

2018 年秋分

白　露

母亲愈发老了
不记得牛棚岁月
听不清雁阵直播
她浅黄的军装
镶嵌着 1949 的硝烟

如今　她是蜗牛
踽踽独行
背上是儿女的家

新相知肌肤紧致
以情热石化末伏
呻唤的灵魂在飞天
殊不知　最伟大的爱恋
是慎终如始
是谷神不死
是作为胚芽旖旎于子宫

你只能让她痛苦
不能让她不高兴
白露　母亲
用白发蘸着月光
在黄河故道写诗　写
露从今夜白
月是故乡明
起笔顿顿　落笔顿顿
一写就是
八十八年

2019 年白露

惊　蛰

我一生为子尽孝，为父尽责，为夫爱妻，为人尽诚！永别了！我爱的人和爱我的人。

——常凯遗言

惊蛰是雷鸣东隅阳气东升草木虫鱼该醒的都醒对吧
惊蛰是美丽与美丽在美丽中相遇梁祝大胆表白对吧
惊蛰是农家女子挎着竹篮拨开桑枝给老公送饭对吧
惊蛰是左手诗经右手碧螺春窗外有蛙声和鹿鸣对吧
惊蛰是你我漫步郊外看明月松间照清泉石上流对吧
惊蛰是医者病员都有一碗热干面方舱早日弃用对吧
惊蛰是邓州女孩有手机有流量能静静地上网课对吧
惊蛰是芳邻们都不戴口罩走出门洞说空气真好对吧
对吧你说对吧我蛰伏了四十九天只等待起飞的灵魂

2020 年惊蛰

不悟斋杂诗（七首）

月华如霜

月华如霜，丙申既望。
玉洁子夜，浩然遐想。

月华亮亮，泽被洪荒。
山川满眼，心潮逐浪。

月华洗窗，风拂南疆。
伊人依稀，云霓徜徉。

月华长长，直上河梁。
音问未查，寄意秋阳。

月华满床，魂系先商。
美哉庄子，幻作蝶翔。

月华瀼瀼，沐浴故乡。
老母倚闾，白发千丈。

月华生香，蔽芾甘棠。
繁枝青绿，荫庇回廊。

月华荡漾，问信吴刚。
桂花好酒，仍是新酿？

月华深广，收拾童装。
卅载歌声，骨血眉庞。

月华无量，翻卷华章。
嘒彼小星，守吾帆樯。

月华浮江，情海泱泱。
婵娟未远，共此热凉。

2017 年中秋

涛　声

终于停止了优美的蝶游
你，噙上葱嫩的食指
吮吸甜梦一般
积木、皮球和爸爸的镜片上
浅浅的齿印闪闪烁烁
睡吧，孩子，我的小神农氏
(黄河，又揉动了金色的琴弦
听到涛声了吗，孩子……)

北风骤起，爸爸来不及
为你买一件厚厚的毛衣
除了书籍、学生
和那颗像你一样真纯的心
父母几乎一无所有了
把小脸贴紧我的胸口吧
听听我默诵明天的讲义
(黄河，在落日的叹息中起伏
听到涛声了吗，孩子……)

不，不要说是我给了你生命
孩子，活着，不只是为了报答
我那单纯的希冀

那漫长而沉重的不眠之夜
和第一缕斑白的发丝
长大了，你就顺着海岸线
远行吧，那片辽阔的蔚蓝色
正在呼唤着你
(黄河，已汇入躁动的晨曦
听到涛声了吗，孩子……)

1983 年 9 月

侠客行

去年此际，看着年近半百而刚刚做了父亲的赵牧阳演唱他的《侠客行》，我流泪了。他说为了中国的摇滚乐更为了让儿子自豪，他要“重出江湖”。

红包翻卷如黄沙
广告　把函谷关的道圣宫
裹成了馄饨
甄嬛与芈月解不下平弦戏
谁搭理那个半老头
沙哑的半摇滚

他早已无梦无醒无日夜
向左走向右走
全是土堆的喀斯特
就一锅三弦炖民谣
他呼噜噜灌下两坛老酒
最后一碗浇上鼓槌
招呼残月与三秦

他开始咿咿呀呀乱敲一气

把满头狮鬃
几乎敲成个秃顶

前面是高山后面是大海
他飘到丽江准备长眠
是另一颗流浪的魂灵
把他的处女作
唱成复活节
吐一口黄沙
他终于没有疯
为了起起伏伏的
春江花月

去年的今天雪大如手
他吼着血花四溅的《侠客行》
步入刘欢战队
那天　月色半红
他的儿子在襁褓中紧盯电视
流着清亮的口水

2016 年 1 月

碧螺春

剑锋七次挑落箕星
帅哥阿祥
血浸一地龙鳞
倒在太湖边上
他面容安详
他见过碧螺姑娘轰鸣的目光

箕星化入雾霭

恶龙锈成了七角贝
血浸的土地上
长出一株茶苗　亭亭玉立
碧螺噙上一片片绿叶
用唾液润泽　喂给阿祥

阿祥终于站起
站成历史的雕像
碧螺气衰倒下　没再起来

我不敢喝碧螺春
我没有那样爱过

2018 年 1 月

你　说

雷声　在夕光里开放
你说　我不想走老师

你说　讲义已把泪水蒸干
标本还镶嵌在眼睑

你说　点名册是蓝色妖姬
请空给我一个灵魂的座位

你说　你不是上帝唯一的儿子
大地知道你行走的苦痛

你说　你给机械的世界以温热
仅仅潇洒了旁人的眼睛

你说　惹你烦和压根烦不到你
对我都无比残酷

你说　布兰克退役后
谁来亲吻巴特斯的光头

你说　你像我的男友和父亲
和外婆和哥哥

你说　墙和墙在拐弯碰头
我和你在分别时开始

你说　很怀念刚刚开始的日子
那时甜与梦互为因果

你说　活在珍贵的人间
人类和植物一样幸福

你说　窗外有风时
都是我在对你说话

你说　雨在一刹那很大
我看到你的目光在找我

你说　几多苦难几多恩惠
沉在心底的比生命金贵

你说　昔日爱人为我遮蔽暴风雨
如今他变成暴风雨了

你说　我的家四面环山
你现在是我的家　到处都是

你说　血是羊的门光是你的光
落的和不落的叶都无限温柔

我说　昔日戏言身后意
今朝都到眼前来

2007 年 3 月

我　说

我说　现在是零点
窗外海平如镜　星光灿烂

你说　老师又唱《白桦林》了
又一届弟子要飞走了

我说　这杯酒轻轻献给大地
为汶川老师肩起层楼的姿势

你说　它的碾磨直至清白
它的揉捏直至柔顺

我说　我知道亲人都是这样
更平稳的音乐在血液里

你说　有些病妙趣横生
像咀嚼胡河清写史铁生的文字

我说　我提前揖别了爱与苦痛
但必然纯粹的依旧纯粹

你说　迢遥的寂寞的呜咽

又徐徐回到寂寞的地方

我说　西班牙国歌响起
我们的心语也是足球

你说　一缄书札藏何事
会被东风暗拆看

我说　一粒沙就是海滩
有一种沉默穿云裂帛

你说　让我跟沉默一起说话
单纯如一个环　清晰如一盏灯火

我说　这种美丽了夜空的日子
我已经过了 26 年

2008 年 6 月

东海岛

东海岛，在她身边的时候，只有流连，只有慨叹，只有无尽的海天。如今，她汹涌依旧，默默北上的我却悄悄地记起了一些镜头。

船征服不了海，海也不打算颠覆船。

有太阳时水是青色，没太阳时水是黄色。
横着铺开的海水竖着倒挂下来。
人心常常也是这样，所以他们要看海。

我天天守在这里，她如果一直不理我，我就哭成平坦的沙滩。

无以描述的广阔与深远，直通太平洋，甚至下面有湖光岩一样的火山。

但她容得下鞋钉般大小的鱼，晶莹剔透，从我的脚印里被冲回大海。

骆驼塌着眼皮，不看我，不看美女。
我常常怀疑它们是植物或者沙石。
它们为什么卧在这里？
它们不知道沙滩不是沙特？

余光中《下次的约会》：“下次的约会在何处，在何处？你说呢，你说，我依你。（你可相信轮回，你可相信？）死亡的黑袖挡住，我看不清楚，可是，嗯，我听见了，我一定去。”

是吗？你就和着涛声的节奏叫我吧，我听见了，会从海底爬出来。

站在中国最长的海岸线上，辛稼轩的“水随天去秋无际”不是文字，是画面。

炎夏，沙子把脚烫成烤木薯。
如果我是做糖炒栗子的呢？
我会想：这么大的锅，得多少毛栗子。

有一种小鱼是有毒的，可是咱们干吗抓它们？

游船靠岸。小银鱼成群地飞翔，起跳，下落。
大家都惊呼，说阳光在鱼鳞上响亮。
我说，它们与阳光一样自由。

南三是岛，东海是海也是岛。
南三不及东海东，东海没有南三南。
福如东海，是东海岛的东海；
寿比南山，就不是南三的南三。
今后不喝杂鱼汤了。

各地车展一样的轿车，不按级别开会。

三菱大吉普最厉害。不同身姿的车模下来，在后备厢盖上更衣，瘦有瘦的美，胖有胖的美，都不怕晒黑或腐蚀。都不是车模，是扑向最长海岸线的“海模”。

大船有时候有，有时候没有。

小船是听天由命的芭蕉叶。

它们是海水。

海水的海，海水的水，只是海水，只有海水。

面对它们，八千万美元，每平方米几万元的房子，写诗的和不写诗的，读陀思妥耶夫斯基的和不读的，新婚的，垂死的，踌躇满志的，万念俱灰的，都一样。

它们是海水，海水的海，海水的水。

坐在海水里，涨潮退潮，戴或不戴眼镜，我都晕。

涨潮时，仿佛我在前进，海在撤退。

退潮时，留下千里“电眼”，是水上的风痕。

导弹驱逐舰不敢说它是海的儿女，鲸鱼也不敢说。

风起云并不涌。黄沙像风筝一样起飞，包袋翻滚，太阳帽和游泳圈，都是蜘蛛侠。

卖甘蔗老太太的大大小小的纸币都上天了。她戴着棕色套袖，说着奇怪的普通话，她其实只有三根甘蔗。

开沙滩卡丁车的靓女替她追钱。

得到七元五角。她用孩子圈水的沙坑洗手，她豁着牙傻笑。

那个不到一岁的男孩也穿泳装，也坐在水里，他天生会游泳，现在他不游。

他用塑料铲把沙子装进他的塑料汽车。

最小的海浪都比他高，他听不见海啸，也不打算听。
他装满了沙。他的汽车就要发动了。

退潮后，沙滩上也有垃圾袋、饮料瓶、带肉的贝壳或墨镜……
但少得几乎趋于零。
真海污染不了。

帅哥都光膀子，青蛙一样趴在水里。
等待潮头来了，起跳，按快门。
情侣手牵手进去，脚泡肿了出来。

大海，不展示胴体与曲线，男人扑向它，女人也扑向它。

雨和太阳交替值班。
我肚子饿，因为面包都喂鱼了。

大排档没有座位了，潮水淹没了汽车轮子，你就是不想走。

此刻，吉普走远了，我已经在火车上了。
心还起伏在潮头上。

其实，在海边，你会比较安静。
因为你比较小，小得像最小的鱼的鱼鳞，不能够与大海比折腾。

刘禹锡说："长恨言语浅，不如人意深。"
大海是言语，也是人意。

2006 年 10 月

也叫作歌词（四首）

你 我

年去年来，
花开花落。
一曲平沙落雁图，
几番鸡声茅店月。
何曾耕耘？
何曾收获？
到何处去打捞，
那结满传说的，
泰坦尼克？
你我，
你我，
你我有过什么？
你我能有什么？

坐看云起，
遥对烟火。
昨日嫁接给夏荷，
明天托付给渔歌。
佛是四月，
四月是佛，
重回如梦令中，
望江南忆秦娥，
又对谁说？
你我，
你我，
你我能有什么？

你我已有什么？

望星空

——拟某歌手规范唱法说敏思博客

夜蒙蒙，南疆行
我在寻找一颗星，一颗星
它是活蹦乱跳，它是一炒就红
那是咱人见人爱的上等虾精
我忽悠了你呀，你可暗恋了我
天遥地远，一“博”就通，没“客”也通
即使你“顾不上”看我一眼，做个深沉的秀
我也理解你呀，白灼的心情

夜深沉，绘苍穹
我军都是那颗星，那颗星
它是柔情似水，它是刺刀见红
那是咱倚天屠龙的一帘幽梦
我喂你点电呀，你就傍上了我
一本万利无限忠诚，胜过任盈盈
即使他系统瓦解突然停电，突然停了电
日报光明我叫作敏思的灯笼

2006 年 3 月

台　风

雷祖的雷，
雷州的雷；
乌云比阴谋还黑。
无用的思念，
无端的清泪——

今夜闪电劈开虚伪，
台风逼近时你会想谁？

海天倒垂，
灵魂沉醉；
扎根的浇铸的比翼齐飞。
赴死的慷慨，
轰鸣地下坠——
今夜闪电拒绝暧昧，
台风肆虐时你在想谁？

细雨飘飘，
晨光熹微；
汽笛抚慰起锚的船队。
喧嚣地远去，
呻吟地说累——
今夜闪电朗照心扉，
台风过去后你还想谁？

2008 年 9 月

水火之爱

——写给北京奥运

火光，映一颗童心昭昭；
流水，经九夏爱意迢迢。
五环旗下，
心火烈烈；
百年赛事，
水远山高。
今夕复何夕？
千眼千手，

装点古国鸟巢。

火来，躯体于火中燃烧；
水来，灵魂在水里妖娆。
柔情剑胆，
自是前缘；
胜负之上，
生命呼啸。
曲终人未了，
飞天婀娜，
水火已成大道。

2008 年 7 月

诗三十首

姚远

内蒙古科右前旗人，毕业于内蒙古民族大学中文系和浙江大学传媒与国际文化学院，现任岭南师范学院文学与传媒学院新闻系主任、副教授，国家高级演讲培训师，中科院心理所心理教育指导师。中国戏剧家协会内蒙古分会会员、中国新闻教育学会会员、广东青年艺术家协会会员。在教学科研之余，创作了若干诗歌、散文、戏剧作品，散见于各类报刊。

情牵草原（六首）

草原的风　南国的海

我是草原的孩子
科尔沁的烈烈罡风
涤荡过我懵懂的童年
我是北方的汉子
兴安岭的阵阵松涛
撩拨过我躁动的期盼

曾经多少次啊
梦里走出了崔巍的大山
曾经多少回啊
朦胧中融入了大海的蔚蓝

当秋日的阳光洒满草原
篱笆墙斑驳的阴影
屏蔽不了我发达的梦幻
仰望南飞的群雁
渴望成为一只幸福的大雁
哪怕千山万水
哪怕历经磨难
能眺望一眼远征的白帆
我不安分的灵魂啊
便再不会这般凌乱

飞逝的时光啊
裹挟着蹒跚的步履
消磨了青涩的华年

滚滚的车轮啊
和着澎湃的心鼓
驶向了梦绕魂牵的南海边
当我终于拥抱了那一片湛蓝
奔涌的泪花啊
像海水一样激荡
像海水一样苦咸

而今
我已在海边盘桓了十二年
四千多个日夜啊
迎着海风呼吸
枕着波涛入眠

沿着沙滩漫步
聆听大海呼唤
大海的魂魄啊
早已奔涌在我粗壮的血管

可为什么啊
当浪花涌来时
我便想起那滚动的羊群
当海鸥鸣叫时
便仿佛是苍鹰在盘旋
当海风在夜色中低声吟唱
我的灵魂
便又回到了
我的天堂我的草原

割舍不下的大海啊
朝思暮想的草原
我祈求你啊

鬼斧神工的苍天
请采撷一片大海的蔚蓝
洒落到无边的草原

2014 年 10 月

故　乡

你是枕上的梦
你是林间的风
你是淡淡的惆怅
你是浅浅的迷惘

你是悠悠的怨
你是隐隐的伤
你是彷徨的苦涩
你是流浪的痴狂

你是村边的小溪
你是参差的篱墙
你是草原上盘旋的雄鹰
你是马背上古老的吟唱

你是摄魄的婉转
你是勾魂的芬芳
你是上下求索的胆
你是休憩心灵的房

2008 年 9 月

回　家

推开回家的门
蒸腾的亲情
便溢满了院落
严寒散去了
冰雪消融了
温暖的笑脸
点燃了北国的荒漠

跨越万水千山
只为融入你的怀抱
掠过高山大川
只为聆听你的呼唤

这里曾经贫穷
这里曾经荒凉
这里有童年的懵懂
这里有最初的梦幻
这里有衰老的双亲
这里有儿时的伙伴

品味了酸甜苦辣
走过了荆棘坎坷
尝遍了欢笑眼泪
体验了人生百味
今天
又回到了你的身旁
回到了出发的地方

那就把失落的酒杯
用往事斟满

让思绪
去追逐似水流年

2015 年 6 月

乌兰毛都草原

在科尔沁草原的腹地
有一片草原深处的草原
乌兰毛都——红色的柳树
八千平方公里的广袤
把蓝天白云
用蒙古人的方式拥抱

曼妙的丘陵
用温柔而健壮的臂膀
挽起九曲河
挽起金界壕
挽起深情的碧绿
挽起马背民族的自豪

高山顶上
矗立百年的敖包
是一位虔诚纯净的歌者
为顶礼膜拜的长生天
献上悠远而深沉的长调

沸腾的蒙古包里
溢出了《祝酒歌》和《乳香飘》
在一杯接一杯的马奶酒里
诗人找到了诗歌
行者找到了远方

2019 年 8 月

遥远的村庄

炊烟飘荡
小河流淌
这是我
儿时的村庄

小河旁
妈妈浣洗着
成堆的衣裳
田野里
爸爸挥舞着锄头
热汗
在黝黑的脸上流淌

少年的我
跟在爸爸后面
挥起的是锄头
铲掉的是禾苗
在爸爸的斥责声里
田里和心上的野草
都在疯长

而今
白发侵袭了鬓角
做不完的
是少年的梦
回不去的
是遥远的村庄

2017 年 2 月

清明，遥想天国的爸爸

直到现在
我依然无法接受
你已经离开了人世间

直到现在
我依然感觉
你笑吟吟地
吸着烟斗里的旱烟

今年的清明
是你逝去的一年零二十五天
跟我离开家乡的二十年相比
三百九十个日夜啊
似乎只是短短的一瞬间
可是啊
这次的别离
难道真的是永远？

还记得呀
我十岁那年
为了买几挂过年的鞭炮
在你的衣袋里
偷了你仅有的十块钱
爷爷告了我的状
我挨了你重重的皮鞭
那时，我恨透了你
盼望自己长大后
远远地离开你
去到海角，去到天边

后来
我真的长大了
甚至连白发
都偷偷侵袭了鬓边
可这时的我呀
却只盼望
每年的春节
能早点儿回到你的身边

老爸
我还想跟你喝杯烧酒
把儿时的“旧账”翻翻
你知道吗？
我在外打拼了几十年
这个家啊
依然是我灵魂休憩的港湾

我知道
你也不想走
你喜欢听广播
喜欢把《新闻联播》看完
喜欢打了一辈子的扑克牌
也喜欢骑着电动车
带着老妈
把菜市场逛遍

你到临终
也没留下一句遗言
我知道
你太留恋这个缤纷的世界
太想看到
下一次的阖家团圆

老爸
就在你离开我们的前一晚
我梦见一匹骏马
奔跑去了天边
你是属马的
难道你真的忍心舍弃我们
一去不返？

老爸
在八千里外的荒野
你是否也把我们惦念？
清明节到来的这一天
儿子泪雨滂沱、肝肠寸断
…………

2019 年 4 月

南国家园（十二首）

半　岛

带着兴安岭的狂野
穿过炽热的阳光
和满城的躁动
来和你完成最初的相拥

清丽的风姿
灵动的眸子
若春雨潇潇
荡涤着干涸的土地
似音符律动
撩拨着流浪的灵魂

当最后一抹夕阳
消逝在逸动的海面
懒洋洋的渔船
荡漾着的
是你空灵的吟唱
此时
整个世界都被你催眠

2001 年 10 月

红珊瑚

你是大海的精灵
尘世的躁动与喧嚣

与你冰火难容
你是出浴的美人
秋水般灵动的眸子
消融了心与心的牢笼
你是王冠上的明珠
凝聚天地精华
傲视浩瀚苍穹

千年的珊瑚万年的红
昨日的风骨今天的柔情
你在万籁俱寂的海峡深处
徐徐地孕育
慢慢地生长
为了那一份光辉的梦想
紧紧相拥

千年的珊瑚万年的红
海底的公主　地上的英雄
雕琢磨砺百炼千锤
冰肌雪骨风雨彩虹
那一曲生命的礼赞
快乐如风

2018 年 12 月

激情东海岛

每一个黎明都是号角
每一缕阳光都是希望
每一片绿叶都在祝福
每一朵浪花都在歌唱

我们是劈波斩浪的船
我们是笑傲江湖的帆
浪与沙演绎着缠绵的小提琴
海与岸激荡着雄浑的双簧管

信念是多彩瓔珞
执着是绵长金线
不屑于日出日落的惶恐
坐享着春去春来的坦然

该去的尽管去
该来的尽管来
海风吹拂着浪漫
波涛撩拨着思念
澎湃的心
永远与青春相伴

2019 年 11 月

硇洲岛漫步

浪花，诗意的舞蹈
日出，惊艳的绚烂
足迹，喷涌的诗行
涛声，低吟的情话
海风，青春的律动
渔火，放飞的思绪
汽笛，缠绵的恋曲

波浪恋爱着沙滩
大海拥抱着岛屿
此刻

我贪婪地呼吸着
你的壮阔
你的震撼
你的无与伦比的大美
你的彻地连天的格局

2020 年 5 月

赤坎老街

走进巷口
就走进了记忆
百年骑楼
斑驳灰墙
讲述着
昔日的繁华
曾经的屈辱

时光穿越一个世纪
这窄窄的街道
长长的青石板上
曾踏过多少
沉重的轻快的
焦虑的苦难的
足迹?
这静寂的街巷上空
曾飘过多少
高亢的低沉的
傲慢的绝望的
话语?

骑楼里
一个老人说——
我的爷爷
在这里住过

2009 年 10 月

寸金浩气

我看到
那尊坚硬雕像的
眼睛里
依然有愤怒的火焰
在升腾燃起

我看到
一群盘着辫子的
南方汉子
用砍刀和鱼叉
与洋枪洋炮
在拼死角力

我看到
一个王朝的尾声
一片远离朝廷的土地
曾经激荡的浩然正气
抚慰了
一个民族的记忆

2009 年 10 月

海湾大桥

或许是
庄子《逍遥游》中
一飞冲天的鲲鹏
降临在雷州半岛
从此
一湾两岸
便平添了一分
英武与阳刚

这雄性的大鸟
不屑台风的侵扰
漠视巨浪的咆哮
在烈日与暴雨下
凛然矗立
用微笑
激励每一个黎明
用坚毅
抚慰每一个黄昏

这勇猛的精灵
为这片红色的土地
注入了睿智与神韵
挺起不屈的脊梁
投出如炬的目光

2007 年 10 月

十里军港

整装的将士

出鞘的利剑
哪怕目光不经意
扫过这里
心里也要
敬个庄重的军礼

宁静的海湾
列队的战舰
这世界上
哪里还有
比这更美的风景

伟岸的身躯
挺拔的英姿
连同这片深蓝的海水
都散发着
雄性荷尔蒙的味道

2009 年 9 月

渔人码头

小时候总以为
停泊的船
都会靠在岸边
可原来
大大小小的船儿
也可以泊在海湾的中间

小时候总以为
每条船上
都会有一张大大的白帆

可原来
这里的海面上
已经见不到
有帆的船

小时候总以为
最快乐的事情
就是离家很远
可原来
幸福就是停靠在
不再漂泊的港湾

2020 年 6 月

海风吹过

极目天际
凭海临风
为躁动按摩
为灵魂洗澡

与海为伴的人们
是有福的
浩瀚无垠的大海
让人豁达
汹涌澎湃的大海
让人坚毅
吸纳百川的大海
让人包容

海风吹过
世界一片清丽

沐浴过海风的肺腑
容不得纳垢藏污

2018 年 8 月

燕岭雷阳，光荣与梦想

——献给岭南师范学院

你从遥远的一六三六走来
几个世纪的薪火相传
在南粤大地上
繁花盛开
果实飘香

你从沧桑的一九零四走来
一百多个春秋冬夏
你植根在红色的半岛
培育英才，铸就辉煌
你守候在祖国大陆的最南端
用赤诚和坚守
为共和国的千秋大厦
添砖加瓦，输送栋梁

当你踏着澎湃的心鼓
走进人杰地灵的燕岭雷阳
浓荫蔽日的古榕广场
树影婆娑的椰林斜阳
那是如诗如画的华彩乐章
那是如痴如醉的世纪交响

当你漫步在岭师的校园
投洒出欣喜的目光

百年学府的灵动与丰韵
在移步换景的园林中流淌
莘莘学子青春的倩影
在顾盼生辉的楼宇间徜徉

琼楼玉宇，黛瓦红墙
绿草如茵，树人广场
燕岭晨韵，叠翠雷阳
大美岭师，遐迩名扬

你用奉献与坚守
书写着大爱与忠诚
你用知识的玉液琼浆
浇灌着民族的未来与希望
为了高原上的孩子
为了母校的荣光
我们踌躇满志的岭师学子
沿着刺破云端的天路
走向了遥远而神秘的西藏
岭师啊，岭师
你点燃的一支支蜡烛
正在大江南北发光
你培育的一个个园丁
正在长城内外奔忙

柔柔和风，亮亮银沙
你清秀的身姿
依偎着多彩的湛江
浩浩碧海，蔚蔚蓝天
你奋进的号角
激荡着几代岭师人的期望
共和国七十华诞啊

寄托着一个民族的光荣与梦想
百年岭师啊，沐浴着祖国腾飞的豪迈

风光旖旎的岭师
正把催征的战鼓擂响
充满希望的岭师
正行进在铸造辉煌的大路上
走向未来的岭师
脚踏实地　心系远方
一路高歌　扬帆起航

2018 年 10 月

红土地的欣喜

——为中科炼化投产喝彩

这是红土地上
盛大的节日
这是雷州半岛上
又一份欣喜
这是八百万人民
热切的期盼啊
这是一份崭新的希望
正在冉冉升起

伴着欢庆的锣鼓
我要为建设者们高歌
你们夜以继日地奋战
让一座生机勃勃的化工城
崛起在东海岛的土地
你们是冲锋陷阵的勇士
在这里攻城拔寨

又要奔赴新的阵地
无论你们走得多远
也走不出港城人民的记忆

和着欢乐的乐曲
我要为美丽的家园贺喜
一飞冲天的磅礴力量
正在这块古老的土地上
孕育凝聚
听吧
进军的号角一声声激荡
看吧
金色的希望一次次升起
没有什么能阻挡我们
前行的脚步
那每一声奠基的礼炮
都是我们勠力奋进的
助推器

我们踏歌起舞
我们放飞欢乐
共同向伟大的时代敬礼
九州方圆的华夏大地
到处都飘荡着
民族复兴的战旗
当东方的雄鸡报晓
壮阔的大海上
托举起七彩的晨曦
这充满希望的红土地啊
正在用频传的捷报
伴随着共和国
奋进的步履！

2020 年 6 月

抗疫组诗（五首）

一个民族的宣言

——献给抗疫前线的英雄们

你从悠远的时光深处走来
长江黄河是你翻飞的绶带
你从亘古的洪荒走来
孤独千载的女娲
迸发出采石补天的气概

苦难
是你如影随形的伴侣
倔强
是你彻地连天的血脉
你肩负勒入筋骨的重轭
守望着九州方圆的湖海
你祭出寒光四溢的利剑
驱散着遮天蔽日的阴霾

在你的基因里
编辑了秦皇汉武的大略雄才
在你的血脉里
流淌着李白杜甫的风雅绝代
你传承着楚天屈子的悲天悯人
你孕育了血战沙场的同仇敌忾

你用踉跄蹒跚的步履
走过了层峦叠嶂
你用刺破天际的瞩望

凝视着比远方更远的光芒

五千年
是你无坚不摧的勋章
十四亿
是你生生不息的儿郎
你猎猎飞舞的旌旗
凝聚着撞碎不周山的力量
你烽烟滚滚的巨轮
荡涤一切
魑魅魍魉

2020 年 2 月

医生，请接受我的感动

阴冷的空气
让我们的心
又一次收紧
一座座城市
仿佛同时按下了
暂停键
无数道焦虑的目光
一起投向了
你忙碌的地方

我知道
你太累了
你布满血丝的眼睛
几天几夜没合过了
即使站着
也能睡着

牵肠挂肚的老爸老妈
相对无言
一会儿看看窗外
一会儿看看彼此
一声叹息
把焦虑再一次埋进心底

忧心如焚的爱人
每晚都在噩梦中惊醒
望眼欲穿的儿女
等着你回来
讲大灰狼的故事

隔着屏幕
你强装笑颜
爸，妈，我挺好的
你们别惦记了

孩子，别哭
妈妈在打怪兽呢
过几天就回家了
你越乖
妈妈回去得越快

老婆，别担心
我身体棒着呢
瘦几斤怕什么
你不是一直让我减肥吗？

我知道
关掉手机的那一瞬间
你背过脸去

眼泪如珍珠流淌下来
这泪水呀
浸透了厚厚的防护服
浸透了亲人的牵挂
也浸透了
千千万万
善良的心啊！

但是
此刻的你
流一会儿眼泪
都是一种奢侈
直一直僵硬的腰板
就像放一回假

太多的恐惧
需要你去抚慰
太多的病痛
呼唤你去医治
太多双焦虑的眼睛
在期盼着你
创造起死回生的奇迹

有人说
你是这世界上
仅次于上帝的人

但是
我知道
你也是个
有痛苦和欢乐
有烦恼和悲伤

累了也想休息
困了也想睡觉
不高兴也想发脾气的
有血有肉的人啊！

当你承受着压力
面对着不解
甚至拳脚相加时
你也会肝肠寸断

在父母面前
你偶尔还会撒娇
在孩子眼里
你还是
一起疯一起耍的大朋友
上次同学聚会
听到好玩儿的段子
你笑得前仰后合
说，好久没这么开心了

可是
今天，你笑不起来了
连咱们的国家
都如此凝重
如此安静

这一刻
你肩负着
太多太多的期盼
在波涛汹涌的风口浪尖上
你用大爱和忠诚
守护着一个民族的希望

我知道
咱们素不相识
但是
请相信
如果可以
我愿意分担
你的苦，你的累
如果可以
我愿意帮你
擦擦汗，擦擦泪

咱们叫不出彼此的名字
但是
我知道

你叫医生
请接受我
深深的感谢和感动

你是我的亲人
我的朋友
你一定要平安
一定要挺住
相信吧，用不了多久
是的
用不了多久了
春风
将吹遍大地
咱们都会
绽放出
久违的笑脸

2020 年 2 月

武汉，今夜我只关心你

当我站在阳台
仰望星光点点的时候
我想起你
封城前离开家乡的朋友
你在他乡还好吗?
客居他乡的艰辛
我刻骨铭心
有家难回的苦涩
我感同身受

人常说
在家千般好
在外处处难
年迈的老人
你们不习惯外边的饮食
一定非常想念
那碗久违的热干面

第一次离家的孩子
此刻
稚气的小脸蛋上
也布满了愁云:
“爸爸妈妈
我想老师同学们了
咱们啥时候能回家呀?”

当我辗转反侧
整夜无眠的时候
我想起你
独自隔离在家的小女孩儿

一家人都已被感染
你一个人在家
一定非常害怕
夜晚
你即使打开所有的灯
也驱散不了
这无边寂静的恐惧
你瑟瑟发抖的幼小身躯
撕扯着
我绵绵不绝的惦念

那就让我和你一起
共同期盼清晨的到来吧
志愿者阿姨
会从门缝里
塞进冒着热气的早餐
你冰冷的小手
会感受到那份
期盼已久的温暖
强忍了一夜的泪水
门外的阿姨会陪着你
一起流淌

当我给千里之外的母亲
拨通电话的时候
我想起了你
永远失去了母亲的兄弟
当老人离去的时候
你竟然没能
见上最后一面
那张你读了千百遍的
慈祥容颜

此刻
已化为云，化为烟
你是怎样挺过了
一阵又一阵
撕心裂肺的伤痛
一个又一个
失魂落魄的夜晚
你不断翻看着儿时的照片
透过模糊的泪水
你又看到了
母亲那张年轻的笑脸
她小心翼翼
呵护着蹒跚学步的你
幸福
荡漾在清秀的
眉宇之间
而此刻啊
母亲已经越走越远
她希望你坚强
希望你走出悲伤
生活还要继续
时间会让你
把希望之光
重新点燃

武汉
今夜你并不孤单
千千万万中国人的心
都在把你挂牵
你是一座英雄城市
伤口撕裂总会愈合
凄风苦雨总会飘散

武汉
在你的城头上
曾经升腾起
辛亥革命的硝烟
在你的业绩里
铭记着
彪炳千秋的
抗洪抢险
就连这次封城啊
也是武汉人民
做出的牺牲
做出的奉献

武汉
今夜
我不关心世界
我只关心你

2020 年 3 月

姑娘，谁给了你勇气

在这个世界上
哪个女孩子
不希望自己更加美丽？
飘逸的秀发
娇美的容颜
那一道道流动的风景
让每一个城市乡村
都散发着灵秀之气

可是
姑娘
是谁给了你
剪掉长发的勇气？
出发前的那个傍晚
姐妹们拿出剪刀
努力说着笑着
互相鼓励
你用力闭上了眼睛
是不想让眼泪掉下
眼泪还是那么掉下
不争气

可是啊
当秀发滑落的那一瞬间
我分明看到了
你眼角滚落的泪滴
一阵酸楚
从心底升起
你，再也没有勇气
看一眼镜子中
曾经漂亮的自己

也曾有人劝你
干脆
放弃这次行程
可你说
这是我的工作
既然选择了
就要一走到底
我是家里的宝贝
可别人也是

娇生惯养的儿女

心疼女儿的双亲
早已为你打点好了行装
在这大大的行囊里
连同那无穷无尽的牵挂啊
也一起
放了进去

在整装待发的队伍里
你们目光坚定
但都默默无语
亲人们在远处
含泪向你招手
你轻轻点头
表示懂得了那份
难舍难分的心意

一直刚强的爸爸
也在擦拭不听话的眼泪
孩子啊
你柔弱的肩膀
如何把这千斤重担挑起?
从小爱哭的你
现在
却要为别人遮风挡雨
爸爸知道
你选的这条道路上
铺满了荆棘
孩子啊
没出过远门的你
可千万

要照顾好自己

望着大巴车
渐渐远去
爸妈挥动的双手
倒映在
清冷的夜色里
身边没有了调皮的你
老人的生活
竟然会如此的孤寂
孩子
我们最想听到的
是你报平安的信息
一个又一个无眠的夜晚
爸妈时刻惦记着你
为你准备了一大堆
好吃的零食
还有怎么也说不完的
嘘寒问暖的话语

孩子
那就让我们
和那么多关心你的人
共同期待
你凯旋的消息

2020 年 3 月

敬礼，为你送行

这是一座英雄的城市
同一群英雄

在依依惜别
这是一场泪花伴着泪花的
简朴而庄严的仪式

再见了
曾经阴霾笼罩的城市
再见了
坚强不屈的人民

站在阳台上的人们
向英雄们频频招手
此起彼伏的声声感谢啊
把一座城市的敬意
深情传达

路上的行人
也停下脚步
向着英雄的队伍
深鞠一躬：
亲人们
一路平安吧
这里的大门
永远为你敞开
这里
是你们永远的家

痊愈的患者
与英雄挥泪作别
千言万语
万语千言啊
仅化作了一句哽咽的话
——“谢谢啦！”

为了解救这座城市的危难
你们与死神奋力抗争
挽救了我的生命
也挽救了我们这个
温馨的家

一位大巴车司机
让每一位乘车的“天使”
都在防护服上
签下自己的名字
他说
我要把这件衣服
永远保存
让孩子们铭记：
幸得有你　山河无恙

一座城市
用最高的礼遇
为勇士们送行
你们来得迅速
走得匆忙
甚至还来不及
为你斟上一杯
浓浓的热茶

此时此刻啊
归途中的白衣天使
也在把这座城市牵挂
善良的人民啊
你们的心意
我们领了
但你们的伤痛

我们无法替代
就让我们一起
缅怀那些逝去的亲人吧
愿他们在天国
不再遭受
这样的苦难

穿行在宽阔街道上的车队
在向英雄的城市告别
深明大义的人们啊
你们舍小家顾大家
忍着失去亲人的悲痛
擦干一直流淌的泪水
向着新的生活
大踏步地进发

还记得
出发时
你们流着眼泪
毅然剪掉了长发
今天
你们脱掉了防护服
贪婪地拥抱阳光
拥抱万里晴空
用青春的声音
大声呼喊：
“春天来了
我要回家”
“短发帅气如我
长发美丽依旧”
“待我长发及腰
还到武汉看花”

春暖花开时
白衣战士归
白衣天使
白色的长城
祖国记住了
你们每一个人的名字
更记住了
你们洒落的汗水、泪水
还有那
在磨难中盛开的
青春之花

2020 年 4 月

生命交响（七首）

新　年

让昆仑踏歌起舞
让太行欢腾奔放
让长江挥动彩绸
让黄河高歌引吭
让亘古的洪荒释放造化的力量
让无尽的黑暗迸发璀璨的光芒

新年来了
是的，新年来了
你是娇羞的新娘
披着锦绣的嫁衣
我迫不及待地拥你入怀
连送行的唢呐
都被你抛在了远方
来吧，我的新娘
我要掀开你大红的盖头
把你投入红烛阑珊的洞房

新年来了
是的，新年来了
你是一匹脱缰的野马
在空旷的原野上纵横决荡
你飞奔的英姿
仿佛插上了雄鹰的翅膀
我是草原上追风的牧马人
任你风驰电掣

任你暴烈狂放
擎起长长的套马杆
即使追你到地老天荒
也要给你戴上坚韧的撕缰

新年来了
是的，新年来了
你是一轮簇新的太阳
散发着七彩的光芒
从你跳出海面的那一刻起
呼唤光明的生灵
便用嘶哑的喉咙
把你纵情歌唱
而那留恋黑暗的魑魅魍魉
恐惧你光明的利剑
早已惊慌失措四散躲藏

新年来了
是的，新年来了
把欢庆的锣鼓擂响
把醇香的美酒斟上
心中蕴藏着纯真和梦想
我们便有了执着前行的力量

2018 年 1 月

生　活

不要总是追问
我还爱不爱你
一个融入血脉的承诺
怎能被海风轻轻掠取

不要总是暗自流泪
那落日的晚霞
依然壮美如昨日
当你觉得黑夜降临
绚丽的晨曦
只隔一夜

不要把酒
泼洒在阴郁的心上
如果那样
对你
对酒
都是一种践踏
如果想依偎在杯中乾坤
那就把苦涩化为甘霖
寻觅那快乐的种子
浇灌成大树参天

不要为逝去的岁月
送去一曲又一曲的挽歌
生命是一条河流
上游清新
下游壮阔

2006 年 10 月

雨 滴

滴答，滴答
雨点飘在风中
掬一捧花瓣
洒落在调皮的小溪里

滴答，滴答
雨点落在梦里
呢喃中飘来跳动的歌
呓语里拂过玲珑的笑

滴答，滴答
雨点敲在心上
干涸的灵魂不再飘荡
荒芜的记忆不再忧伤

2014 年 10 月

音乐会

古老的都城
庄严的殿堂
旧岁的最后一个夜晚
金色的旋律
在辉煌的大厅激荡

伴着《威廉·退尔序曲》
苍松画下了又一个年轮
和着《激情波尔卡》
冰封的大地
把春天深情呼唤

多瑙河畔的安琪儿
指尖流淌出东方的乐章
《我的祖国》
是安放灵魂的地方
《春节序曲》
指引着回家的方向

音乐
是心灵的避难所
是生命的狂欢节
音乐
让严寒中战栗的北国
听到春天的消息

2020 年 1 月

为你歌唱

你是冲破乌云的阳光
驱散了阴郁的忧伤
萧瑟而战栗的灵魂
从此不再流浪

你是暗夜里的烛火
播种着黎明的希望
你温柔的指尖
轻抚我饱经沧桑的面庞

你是久盼的春雨
滋润着干涸的心房
你慷慨眷顾的地方
到处都是繁花怒放

你是期盼
你是遥望
你是冬天里的春天
你是穿透迷雾的光芒

远方写满了思念
思念比远方更长
故乡很远啊
你就是灵魂的故乡

2009 年 5 月

老　友

酒杯对着酒杯
欢笑和着欢笑
把情谊
斟满酒杯
一饮而尽的
便是传说中的幸福

没有尔虞我诈
没有笑里藏刀
没有利欲熏心
没有蝇营狗苟

让生命依偎着生命
即使
我们老了
也彼此搀扶着
让晚霞与云朵
擦出璀璨的火花

2020 年 5 月

安琪儿

云朵间
寻觅你期盼的眼神
蔚蓝里
触摸你明亮的欣喜

你是云蒸霞蔚里的精灵
传递着
北国的期许
南国的消息

你是奥林匹亚神峰上的天使
播撒着
旷世的爱恋
亘古的思念

2018 年 5 月

诗三十首

殷 鉴

1958年生，广东省遂溪县人，信阳师范学院中文系77级毕业；1986年，河南大学现代文学助教班结业，曾任驻马店师专中文教师，现为岭南师范学院文学与传媒学院副教授，从事现代文学及新诗教学与研究。主编教材《中国现代文学史》《中国现代文学专题教程》。出版著作《现代诗歌艺术素养读本》《新诗创作十五讲》，诗集《一些神奇的字迹》，发表论文数十篇。

那许多可爱的我就这样

你原本被无数可爱的我包围
无数可爱的我争相献出自己的初吻
可他们最终还是让你难以忍受
你便狠心把他们放逐到失恋的海里
你声言只有一条救生艇，只能救一个我
而无数可爱的我拼命朝救生艇游来
你却只允许痛苦的我登船
其余的我全被你残忍的船桨驱离
他们泡在失恋的海里苦苦哀求
你却狠心连怜悯也不再抛下
那许多可爱的我就这样
就这样统统淹死在失恋的海里

2010 年 9 月

纸曰思云

纸曰：我很忙碌
变成了全职秘书
每天要记下他
思想的交代
情感的备忘
想象的嘱咐
思云：我很矛盾
常常不由自主地将
生活的哀欢
人性的善恶
事理的正误
……
像提犯人一样
从脑袋监狱里提出来
一个个反复拷问

2011 年 7 月

动物园里的世界小姐

如果在动物园里选美
世界小姐的桂冠你会颁给谁
要是我就一定会颁给她
她见人便扑闪着深情的长睫大眼
还时不时卖弄自己的修颈长腿
踱起步来绝对优雅性感
永远也不低下美女般
美女般高傲矜持的头颅
她的雄性伙伴
也满身世界小姐的做派与味道
你猜对啦，她就是长颈鹿
绝对是动物园里的世界小姐
只可惜要想给她颁奖会很悲催
她那高傲的头扬起来有三层楼高
你就是将两把梯子接起来
也只能摸到她的颈围

2011 年 8 月

你我处于战争状态

我爱的侦察卫星
从你情的高空掠过
发现你正准备战略撤退
所有物资都装满了车船
甚至我们交往的痕迹
也被你仔细抹去
仿佛我们之间
从未发生过爱情的战争
但是战争就是战争
它的痕迹不会轻易被抹去
且不说心灵的残垣断壁
思念的死伤累累
就是失恋的担忧恐惧
怕是几十年过后也依旧清晰
所以你我仍处于交战状态
我不会让你轻易脱离战场
更何况我感情的大军
早已从四面八方围了上来
有一支轻骑专门负责断你的退路
逼迫你进行最后决战
直到分出胜负
不是我缴械投降
就是你乞求谈判
然后我们一起修复破损的家园
只是我还有一丝担忧
怕你要与我玉石俱焚而拒绝谈判
即便如此我也有办法
因为你早已被我感情的大军四面重围

我能轻易断掉你拒绝的粮草和水源
让你要么不战而降
要么祈求谈判
而且无论哪一种结局
你都必须亲自与我见面
只要你我见面
我就能用溪水般的柔软
融化你的冷漠与坚硬
最后达致双方满意的和平
我们各自退回自己心灵的疆界
只在需要缠绵时
才跨过各自心灵的疆界
将两颗心融成一个浑圆

2011 年 9 月

炉火纯青

我知道你的炉火点着了
还冒起不尽的滚滚浓烟
可无论你怎么炫耀吹嘘
它都不是我想要的炉火
虽然我渴望炉火的热情与温暖
但它绝不能夹杂着浓烟
因为浓烟会呛得我喘不过气
还会熏得我涕泪直流
我想要的炉火
一定散发着最热情的温暖
最温暖的热情
不会冒哪怕是一丝丝的青烟
因为它烧得已没有了一点杂质
你肯定也能猜对
就是成语说的那种纯青的炉火
而你的炉火显然还未纯青
说明它杂质未除，火候也还未养成
那就让你的炉火继续烧吧
直到烧成纯青
我也许才会考虑
与你围炉夜话直到天明

2013 年 6 月

中学生一日

小序：1999 年，我带学生去徐闻中学实习月余，目睹中学现状有感而记。

还珠格格唱醒在早 6 点
夹杂着饭盆与叫喊
国歌响于 8 个字后
读书声喃喃
单调慵懒的声波一阵阵
持续到肚饿及月亮骄傲地乔迁
寝室灯骂自己怎么老是低血压
羞愧得越发面皮灰暗
这会儿连低血压也没有了
剩几支白蜡烛在涕泪涟涟
晚 7 点 6 个字的时刻
铁栅门便将寝室内外闭关
芒果树疑虑地望着教室
即使它是铁打的营盘
难道都不知道疲倦
晚 10 点 6 个字
月亮终于也能闭眼休息
荧荧如豆灯又开始了羞愧
开始了面皮灰暗
背躺在床上打开收音机
已是晚上 12 点
“啊？也不通知我一声，
巴基斯坦竟然政变！”

注：一个字是五分钟。

1999 年 11 月

考试与莎士比亚

本来考试与莎士比亚无关
因为你只需在 ABCD 里
选择一个正确的答案
可莎士比亚偏从
试卷里跳出来
像哈姆雷特一样嘟囔着：
“生存还是死亡，这是个问题”
这的确是个问题
因为我已无法把莎士比亚
重新塞回试卷里
莎士比亚现在变成了流浪汉
遇到考生就嘟囔：
“生存还是死亡，这是个问题”

2011 年 7 月

致戴望舒

我俩生于同一个成语
尽管你硬要与我分开
可在精神上我们还是原配与孪生
不管是叫披星戴月，还是戴月披星
我们时常一起快活地见客
不知经历多少世代的时辰
但现在“戴月”走了
只留下我呆呆地在家“披星”
“戴月”走就走吧
你还为不少女孩子遗情
什么《百合子》《八重子》《梦都子》
还有什么《我的恋人》
你把我置于何地
这不是要在精神上杀死你的原配孪生吗
回头吧，“戴月”
即使你有过这么多情感出轨
可谁叫我们是原配与孪生
我愿用更大的关怀来焊接我们的裂痕
让我们熟悉的人再次满口称赞
瞧，这对恩爱的“戴月披星”

注：“望舒”是“月”的意思，那么“戴望舒”便可解释为“戴月”。

2013 年 8 月

输　液

我病得很重
需要输液
请在我血管上扎一针
然后吊一只输液瓶
因为我的思念梗阻
我的爱心跳得衰弱
我的血液铁素偏少
我的体液高产忧郁
所以赶快来输液吧
用效果最好的药
把那该疏通的疏通
让该强劲的强劲
使该补充的补充
要该消降的消降
其实这种治疗并不是所费不赀
且只需一种药
那就是你点头同意的微笑
只要你那微笑映入我眼帘
我的病就会被彻底治愈

2013 年 8 月

你的眼睛长满尖利的牙齿

你的眼睛肯定长了两排尖利的牙齿
否则不会咬得我窥视的心不放
我的心被你眼里的牙齿咬得生生地疼
可我喜欢这种疼痛的感觉
因为我喜欢被我喜欢的眼睛里的牙齿所咬
咬得越疼痛越开心
可你千万别说我
因为她们的眼睛虽然长得漂亮但不长牙齿
我的心屡屡送上门
她们连嘴都懒得张一张
尽管我的心低三下四乞求
她们根本就视而不见
她们更喜欢房子、汽车和金钱
所以这是我的心唯一一次被咬疼
也是唯一一次朴素而幸福的疼痛
我想让它持续
一直到我们慢慢终老一生
但不知你的眼睛是否愿意就这样咬着它不放
虽然我知道我浑身上下加起来也没你眼睛漂亮
里里外外合起来也没有你的气质高贵
你完全可以像她们那样不屑用眼睛来咬我
可你的眼睛还是排开两列尖利的牙齿
毫不犹豫地咬下来
愿我的心就这样在你眼睛的尖利牙齿的抚慰下
慢慢成长
最终长成一个能包容万物的宇宙
让你的眼牙永不舍得放弃的宇宙

2014 年 4 月

天堂雪和象牙伞

年来了
雪来了，而且还是好大好大的雪
我到小区门口接儿子
撑着从未撑过的象牙伞
象牙伞上落满了比象牙还白的雪
比象牙还白的雪扑向象牙伞的心情
比母亲还急
白的雪与伞的邂逅只在瞬间实现
而雪下在南方据说是百年一遇
也许这就是传说中的天堂雪
所以才下得如此洁白与猛烈
年夜饭的桌子旁
母亲操劳的身影不见了
从不嘘寒问暖
只是默默看着你的父亲也不见了
所以天堂雪才下得如此洁白与猛烈
我的象牙伞在盥洗室里默默流泪
因为它与天堂雪的相遇只有一瞬
不过这一瞬已使它泪流满面
因为这也许真的是百年一遇的缘分

2016 年 2 月

哦，春天

就像野兽发情，也是每年一次
季节来临，春天的肌肤就变得娇嫩
像抹了一辈子面霜的效果
它的笑靨挂满枝头
不仅让游蜂粉蝶忙碌于生计
连诗人也醉倒花丛般吟哦春天这美丽
可春天不过是季节发情后一次情不自禁的副产品
对众多黎民于事无补
饥饿减少了吗？战乱消灭了吗？
人类所有的罪恶肮脏一样都没少
都如瘟疫一样在台面上下，甚至在春天中弥漫
所以春天只属于有闲阶级
春天的美丽更只属于极少数的权势者
而黎民众生丝毫不关心春天
就像他们丝毫不关心吃进嘴里食物的种类
他们急需的不是鲜花、绿草和诗
他们急需的是温饱、尊严、公平和正义
然而这些对他们却像黄金一样稀缺
因为他们中的一位可能不久后便会被一颗流弹击中
他们中的另一群祖孙被权势者暗算，会失去自己赖以生存的土地
他们中的许多母亲因为无钱医治，看着自己孩子白白送命
这时连眼泪都是多余的，更何况春天
春天就这样淡出他们的视野
就像苦难早已被他们淡忘一样
因为他们的一生及世代从不生活在春天
而是生活在严冬，就像他们生生世世无法摆脱的那苦难

2016 年 4 月

什么跑得比闪电还快？

生命跑得比闪电还快
因为当你意识到这一点时
你恐怕已被后人装进骨灰盒
而在此之前你曾坚信
生命只属于你自己
而且可由你自由支配
所以生命被你像切西瓜一样切开
大半块给了工作
因为你要养家糊口
还有半块给了家
因为你有老婆孩子
还有不少块给了生活
因为你不得不深陷其中
唯独没有想过留一块给自己
仔细品味它的甘甜多汁
而当你想品味它的甘甜多汁时
西瓜早已变质
无意中轻轻一戳
原来曾那么坚硬的老皮便一下子塌陷
酸馊之味扑鼻而来
你不得不把它们送进垃圾箱
以喂饱那些苍蝇
可苍蝇并不知道感恩
不时光顾你逐渐衰老的躯体
因为蛋白质永远比碳水化合物更美味
不能不让它幻想一次盛宴
急忙飞来飞去思考从哪下嘴更合适
而这些你全不知道

你还在想如何通过锻炼抵抗自然规律
可规律就是规律
它让你只能顺应而无法抵抗
所以当你在病床上抬起无力的手
驱赶那些讨厌的苍蝇时
告别的时刻已降临
恍惚之中你终于明白
生命跑得的确比闪电还快
因为你的灵魂电光一闪
或升上天堂，或沉入地狱

2016 年 10 月

爱情四季

1

恋就是你的肖像权被偷走
在别人的脑印刷机上反复被盗印

2

暗恋说
我每天都在心里
对你重复进行
没有成效的占领

3

初恋就是男女的心
开始在情感的餐桌上
相互端详与试探

4

爱恋说
一旦你掉进我的海
就会被碧蓝的浪拥起来
永远靠不上岸

5

吻就是恋爱者
把自己内心燃烧的柔情
统统赠送给那两片沉默的嘴唇

6

失恋就是杀情魔

微笑着松开手掌心

把痛苦的蝴蝶一只只放出来

2017 年 8 月

热锅蚂蚁

自从爱慕被点燃
我就变成了蚂蚁
在思念这口热锅里
忙碌地爬来爬去

2017 年 9 月

书与女人的区别

不会随时光衰老
被时光毁掉
更不会生气、埋怨与吵闹

2018 年 1 月

健康黑

你眼睛喷射出
灼热的阳光
把我的皮肤
晒出一片健康黑

2018 年 1 月

死亡耳光

垂死的人临终前
特别想扇死亡一个耳光
可遗憾的是他正在被死亡
扇着最后一记响亮的耳光

2018 年 2 月

七十岁卖菜老妇

尽管苦难的皱纹爬满额头
可你依然执着于生活的犁
耕耘自己所剩不多的日子

2018 年 8 月

爱 说

1
我正在被一只
叫猜忌的宠物狗
细嚼慢咽地吃掉

2
我想成为一轮明月
驶入你心中最深最黑的夜
好把她照得一片白亮

3
我是鸟儿
只喜欢在阳光灿烂处
做窝

4
我只有一种需求
就是在你孤独时
送些你需要的东西

2018 年 8 月

相思对心说

我很清楚自己
生存的脆弱性
因为我要靠你生活
而你却飘忽不定

2018 年 9 月

美德说

在人世间
我属于撞进地球的陨石
稀少珍贵
又被世俗的泥土深埋

2018 年 10 月

希　望

就是心灵的黑色幕布
被意志的枪弹击穿
所透出的那一丝光线

2018 年 10 月

炎　症

爱是一种慢性炎症
既会逐渐加重
也会慢慢痊愈

2018 年 10 月

出陷阱

受到难以抵抗的诱惑
我掉进你温柔眼神挖好的陷阱里
耗神的折腾便开始了
先是我的心发烧
温度超过 40 度
而且一阵一阵地发热冒汗
接着就说胡话
说得百花无不害羞
老天爷竟然也惊呆
再接着我就准备行动
试图在陷阱边沿的花丛里
采几支红红的玫瑰
然后再驾着飞船去天空摘月亮
后来我的烧渐渐退了
脑子也清醒许多
转眼看周围才发现
腻在陷阱里的人很多
我也只是其中一个
于是我想从陷阱里爬出来
虽然我知道
死在温柔陷阱里的人很多
从温柔陷阱里爬出来的很少
但爬出来的一定是个汉子

注：《圣经》里有《出埃及》，戏仿便有了《出陷阱》。

2013 年 7 月

挖或不挖，这真成个问题

一

你恳求我在你心上挖一个陷阱
让我陷入进退两难之境
说实话我很想去挖一个深深的陷阱
让我的爱路过时乐得跌入其中
但我又不忍对一颗鲜红圆润的心下手
更何况心的外面是你性感的胴体
上帝呀，挖或不挖，这真成个问题
若不挖，我的爱无法栖身
我也将痛苦至终生
若挖，又陷我于残忍不义
而工具的选用也让我踌躇
手术刀实在太小
不知要挖多少刀才能挖好
你更会疼得嗷嗷直叫
铁镐肯定太大
小小的心连一镐也无法容下
挖掘机就更不合适
有轮的机器无法轧在心外慢慢行走
头疼的还不止这些
头疼的是使用工具的我
无论如何都无法下去手
即使是用小小的那柄手术刀
在那充满热血的地方动刀
肯定会让我成为双手沾满鲜血的刽子手
所以我只好选择放弃
决定不在你的心上动刀动镐

即使我的爱在你心里无法容身
我也要保持你胴体的平滑窈窕
哪怕这平滑窈窕永远不属于我

2013 年 7 月

二

我恳求你在我心上挖一个陷阱
不知你是否也会陷入进退两难之境
因为若挖了，你的爱便有了容身之所
若不挖，你的爱就会变成野鬼孤魂
若挖了，你会成为沾满鲜血的刽子手
若不挖，你定会成为温柔的“剩女”
你到底挖还是不挖
我知道你肯定不忍来挖
因为你不想成为沾满鲜血的刽子手
但我还是恳求你来挖
为了你的爱之幸福
尽管挖了我会心疼
而你的手也会血淋淋
但你的爱从此有了幸福的终老之地
你也不会再成为温柔的“剩女”
而且若它住在那一辈子不想逃
那日子其实很温馨也很惬意

2013 年 7 月

我是你再没理由逃开的名字

我知道你很善于逃离
经常轻易从一个名字逃到另一个名字
尽管每次逃离都会让你的心褪一层皮
但你还是在冷静地不断逃离
显然你还未找到心适宜居住的家园
而我就是你的心适宜居住的家园
也是你再也不想逃离的名字
倒不是说我的名字有多高贵
这只是一个很普通的名字
它的周围也没有华丽的光环
但它有你喜欢的笔画
该坚硬的坚硬，该柔软的柔软
剩下的就是扎实、周正、流畅和浑圆
你靠在它的竖心下它不会滑动
更不会颠倒形旁与声旁让你难堪
字体结构也非常匀称
给你贴心的舒服与慰安
所以美眉你就别再逃了
再逃你的心就会烂成千疮百孔
对任何名字都会变得死寂漠然
你就大声喊出我的名字吧
它的回声不仅会在你的心窍
而且会在整个世界里盘旋
直到天老地荒的那一天

2013 年 8 月

眼眸里的诗意

一

所有诗意都藏在我眼眸里
你愿意把它们破译出来吗
若愿意，那就来读我的眼睛吧

二

所有诗意都藏在你眼眸里
我是很想把它们一一破译出来
可你却不允许我来读你的眼睛

2013 年 12 月

荷　说

最残酷的事
莫过于在你温柔的凝视下
我花容的凋落

2013 年 12 月

眼之蓝

尽管上帝不同意
天空的蔚蓝还是偷偷溜进
你的眼睛里
并且梦幻起欢乐的蓝色舞蹈来呢

2013 年 12 月

诗三十首

詹绍姬

广东潮州人，80后，随性散漫，唯求真求善爱美，喜诗歌、小说、戏剧、电影、绘画，不解音律。写作，不为别人或者世界，是一个笼子在寻找一只鸟。

春·桃夭

在一棵树下
你悄声跟我说了一个秘密
你说
把冬天的一抹暖阳囚在怀里
这个消息不胫而走
被一棵桃树
公之于众

2018 年 4 月

午　后

光影斑驳的午后
两人并肩坐在树下
一棵树摇动另一棵树
众神在头顶打盹
昨夜梦到的那只兔子　从林间闪现
嗫嚅的三瓣嘴讲的是真理　抑或谎言
模糊得如同走失的理想

众神醒来　说要有光
于是一个光点移进另一块黑影
以一朵玫瑰枯萎的速度
光影斑驳的午后
阴影悄悄照过两人的肩头

2019 年 1 月

荷　说

从前
大唐梵音结了一枝骨朵
从长满青苔的码头登舟　顺水而下
在宋朝的水面
一个叫周敦颐的人　把你打捞
然后无数银白色的鱼
用嘴清洁辞藻

后来
连同田田的叶上滚动的月色
盛开在
朱自清失眠的晚上
暗香如梵尔琳上的旋律
又如铜鼓
擂响在暗夜的心脏

再后来
我看到了你，以一棵植物的名义
那些关于历史的传闻
模糊的碎片，如甲骨上古怪的文字
我无法破译
你只告诉我
关于一粒莲子到达一株荷花的距离
至于过往　你只字不提

2008 年 10 月

母亲的春天

一到回南天
母亲就开始念叨
老家的房子要潮湿了，物件要长霉了
讲这话的时候，眼里没有焦虑
长满绿油油的渴望
是故乡老井边桃树的嫩芽
母亲是一棵被迫迁徙的树
春天来了
留在乡土的根开始隐隐作痛

春天里，母亲唯一能做的
是推着孙子在小区里一圈圈地转
教他指认春天的证据
喃喃自语对牙牙学语
是故乡老井吊桶落水的回音
这个被命名为城市皇都的小区里除了我
没人能听懂母亲的方言
母亲的春天
被囚在一颗桃核里

每一个寒冷的冬天，阳台上挂起腊肉
有桃花般耀眼的绯红和迷人的香气
母亲就开始眺望春天
我说妈妈对不起
母亲赶忙收起贪婪的目光
低头说知道，知道
孙子还小，你们要上班
然后走向阳台，向着故乡的方向

一棵扑簌簌往下掉叶子的桃树

在每一个眺望春天的冬夜
母亲把春天掖进枕头　梦见
故乡老井边
桃树　枝丫芬芳

2019 年 6 月

春天的产房

春天的产房涨满了绿色的汁液
针管二十四小时向静脉推进
一群群鱼　肚皮鼓圆　花白
翻躺在洁白的床单上
大口大口喘着气
赶在绿色汁液灌满肺部之前　靠岸

2016 年 5 月

方块字

打翻一本发黄的线装书
一地光阴　流淌
横竖撇捺
东方黑白的玄机
暗藏
沉沙戟　马革尸　残阳如血
胭脂残　半边镜　一鉴空愁
还有　晚来风　无尾鱼

我血管的清水
你肉身的黄土
调和成女娲氏捏就的灵魂
揣一半魂，我们各奔天涯
海裹着山，路是手掌的纹
指尖的漩涡藏着密码
是命数　密密麻麻

深镌在骨头里的符
会在有月的夜隐隐作痛
部族的血脉沉重而轻盈
轻盈如权杖上五彩的翎羽　抖动
召唤
每一束跋涉在掌纹上的
灵魂

2008 年 10 月

候鸟与向日葵

滴答　滴答　滴答
时光在向日葵盘上流过
向西　向西　再向西
籽粒饱满的时刻来了
一颗一颗　一圈一圈　饱满
我要走了　向南方

我是候鸟
在籽芽破土的时节　来会你
在你的巢里　解冻冰凌封冻的羽毛
交颈同眠　梦见向日葵

我要走了　向南方
所有的秘密都锁在向日葵里
一圈一圈　漩涡
藏着生命的密码　候鸟的命数

我要走了　向南方
带不走金黄的花瓣　你的叹息
翅膀沉重　山长水远
候鸟飞过天空
一道弧　你的目光

我是候鸟
夜夜啄食　声嘶力竭
尖利的喙敲不碎命数的沉重
一颗一颗　一圈一圈　空虚
另一道弧　梦见向日葵
我要走了　向南方

2008 年 9 月

短章四则

蓝　马

1

黑夜站在门外
是一匹蓝马
深蓝的眸子
盛开过
我仓促的年华

2

两匹蓝马
印在我黑色的丝巾上
我站在过街天桥
挥动蓝马
告诉这个世界
我的心脏长满了想象
是蓝马住过的森林

残　缺

光既照亮一些东西
也遮蔽一些东西
就像谎言或者上帝

稻草人

秋天溜了

只留下

空心的稻草人和

它脸上

明晃晃的天真

2008 年 10 月

梦　呓

黑黢黢的山上
一座雪白的房子
白色的门　白色的窗
白色的缝隙散发着白桦木的味道
我住在里面　一个人

黑夜
一朵暗红从身体中央炸裂
滑腻的鱼脊暗中涌动
我在窗前清点星子　夜莺　萤火虫
和吹向树洞的山风

白光
从树梢和悬崖上跌落
门外徘徊着无数的忧伤
是兽不断扑打我紧闭的窗
我在门后搂紧自己
小心翼翼
害怕踩到光的尾巴

2008 年 10 月

樱桃之上

天
在一棵树的上空
树
在根的语境里站立

红
亮的是果　叫嚣
一如脑浆　艳丽
潜伏苍白的思想　酸涩
甘甜者　背负硕大的沉默
在枝条的最高处　神经最敏感的地方
收获
死的醍醐灌顶

风
推着流年哗哗　向前
撞上了树和我
汹涌
旋转成一圈圈的轮和纹
蜘蛛张开了网
我和树　在劫难逃

2009 年 4 月

夜里遇见缪斯

昨夜
墙角的黑蜘蛛
闭上眼睛的时候
飞来些银色的语词
排列组合
在我凝视空虚的眼前
结成一张诗歌的网
我小心翼翼地举着它
穿过隐喻的门
放在缪斯青铜的祭台上

清晨
我翻遍所有的微尘
丢了闪光的踪迹
微尘，在一束阳光的语境里
沉沉浮浮
我和你
回到陌生的两端
隔着
猫头鹰的一场迷梦

2008 年 9 月

湿淋淋的记忆

坚硬的风
流淌过一条枯竭的河
模拟水的样子
像女祭司的手
召唤
一块白色鹅卵石
回想
一头麋鹿的犄角
和它多毛而柔软的唇

2008 年 9 月

列车上的白日梦

在夜的白昼里
我登上一趟无名的列车
黑色风衣裹不住梦的温度
也没有星子
一个人倚窗坐着
以寂寞而安全的姿态
不期待碰上爱情

老人的皱纹里
流年曾经波涛汹涌
打盹的时刻
年轻人手臂上虚构的鹰
还圆睁着双眼
年轻母亲的怀里
闪烁着星子的光芒
孩子手里擒着一个彩色波板糖
彩虹颜色旋转　旋转
白昼如水　没过我的脚面

我忽然想不起
我从哪里来　要到哪里去
翻遍所有口袋找不到那张纸片
上面曾经记录着一个停泊的出口
翻了一遍手机　通讯录上的名字
一个个背过脸去

在一趟无名的列车上
我一个人　裹紧风衣

所有人好似都在小心地
偷窥我的钱包和大衣
白昼的车厢
流动着黑色的巫术
兽的白牙磨着白牙
吭哧——吭哧——

2008 年 9 月

一条金鱼在秋天尖叫

天上的云变成棉花糖的时候
我看到一条金鱼
静静地坐在对面的窗台上
看我
色彩斑斓的大眼泡
藏着另一个我　同样无聊

风丢下一根火柴
点燃了窗边的一棵枫树
呼呼地冒着火苗
一只红色蜘蛛
吊下一根闪光的丝线
仓皇而逃

金鱼咕咚咕咚地冒着水泡
模拟水沸腾的样子
我分明听到
水里传来一条无聊金鱼的尖叫

我在我之外，鱼在鱼之外
残缺
淌过市声的河互相温暖
一如
五百年前的一星渔火

2008 年 10 月

悼　词

——小喇嘛农布的葬礼

你已经去了，像太阳、月亮下去一样
我们俩的关系断了
就像刀砍断了，像雨停了

我的儿啊，你眼里是没有父母的
是什么妖怪捏死了你？
呜呜，呜呜呜
别人的孩子都活蹦乱跳
我的儿再也见不到
呜呜，呜呜呜
我的儿啊，你很小的时候离开我们
我们也不会这么伤心，如今你是个小伙子了
还没有养我们呢
是什么妖怪捏死了你？
呜呜呜，呜呜，呜呜呜……

你沾手的东西，就是你的
我们不要的，我们全部烧给你
你不要作怪
你要想着大家的好
你赶到我们老年人的前头去了
你住的房子（棺材）还是我借给你的
你要想着我们的好
不然就到不了错木细

你以为我们忘记你了，我们没有
怒江两岸的人都来看你了

背来猪娃，鸡仔，苞谷，还有酒
你不要作怪，不要叫他们的魂魄跟你走
你要保佑家里六畜昌旺
为你准备的祭品都做好了
你不要让它们坏掉，不要让菜不够吃，酒不够喝
让你的父母被人嘲笑
我们请喇嘛给你指路，没有他们指路
你就到不了错木细

我的魂回来呀，像鸡蛋一样滚回来
杀一次，杀两次，杀三次
再杀一次
滚吧，死神，滚回去
福气降临喽！
死的人死了，活着的人活着
今天以后可以高兴了

注：“错木细”指灵魂居住的地方。

2009 年 5 月

曹溪寺遇昙花

星期六阳光灿烂
在一个叫温泉的小镇醒来
像所有的背包客一样　四处打探秘密
跟踪一件黄色僧袍
踏上长着高大梧桐的山道
肥硕的叶子哗哗地抖动
像一群掩嘴窃笑的孩子
一不小心露出天空的豁嘴
洒下粼粼的天光
我像一条迷路的鱼
站在一个焦急的岔口
遇见镇静的箭头　在梧桐树上
指向“曹溪寺”三个白字

站在褐红色的老房子前
捏着五块钱换来的通行证
准备窥探一个一千两百年的秘密　忐忑
一进　两进　三进　四合小院
弥勒　观音　罗汉　释迦牟尼
端坐如仪　寂寞空虚　昏昏欲睡
殿前一株老树　爬满青苔　根枝虬壮
长着貌似枇杷的叶子
开着硕大的白花　淡香
伸手攀来一嗅　一阵花雨散落
老尼说：昨夜七时开的昙花
原来　我们遥望了八百年
又一次错过
佛说：缘起　缘灭　花开　花落

2008 年 6 月

暗　恋

我是兽
活在黑暗的洞穴里
没有名字，只有满身触角
是嘴，惊慌失措地张着
我一直在这里
刨土，蜷缩
向洞穴深处挺进

我害怕
外面的空气
被灵敏的触角捕抓
我害怕那一刻啊
害怕，害怕
害怕你呼吸过的空气
传染我习惯黑暗的嘴

我害怕
黑暗瞬间崩塌
暴露在阳光下
赤裸裸，蜷缩在你的目光里
融化，像一块冰

2008 年 5 月

相　思

一条蛇
住在我心里
吐着猩红的信子
不断钻绞，不断纠缠
寻觅一个语词
能噙着它，如一朵鲜红的玫瑰
潜入你的梦里
悄悄放在枕边

2008 年 4 月

泅 渡

夜就快走到尽头了
我还没有泅过这片黑海
海水冰冷，四肢慢慢变得僵硬
等待白天降临，满怀忧伤
第一千零一次企望彼岸
那道夜夜骗我下海的门
开始怀疑到达的真实性
眼角有苦涩的海水
是蚌壳含的一颗珍珠　摇摇欲坠
是西天将沉的圆月

月隐星沉，太阳神驾着马车来临
一架巨大的混凝土搅拌机
倒下白昼的光
我瞬间被定型　一点也不慌张
这样的事情总发生在黑夜的尽头
然后被放上一条流水线
和众多的模型一道，被生活之手
揉皱摔打　或者用剪子　或者用凿子　用锤子　消磨
我总会微笑着说　这是一个开始
然后焦躁地等待下一个泅渡黑海的机会

2008 年 6 月

一个叫张爱玲的女子

窗外一轮油月亮
照在那件华美的袍服上
你曾经提醒我们上边爬满虱子
还叫它生活

咿咿呀呀的京胡还在凄唱
跟不上异国蟋蟀的节奏
墙角思乡的虫子
你也许没有乡愁

你的花园开着怎样的花朵
红玫瑰　白玫瑰
还是馨香的茉莉
花坛那一抔故国的土盛不住满园繁华

一个女子一部传奇
一双凤眼把爱恨情仇看得太透
一张滴油的纸轻透脆薄
一捅就破

十里洋场已经找不到一个窗口
可以给你　临窗换衣
我们也不再吊下竹篮
铜板换一碗细滑的豆花

坐着电车路过
看到你　站在窗前
斜睨　嘴角微微上翘
一眼看破红尘

2008 年 6 月

大河的儿子

——纪念沈从文

你说你是农民
刚刚在田埂边洗干净泥腿
脱下草鞋换上布鞋
挂起刀口闪亮的犁，拿起笔
笔尖汩汩流出的是大河的水
你的心跳是潮汐的韵律

那片山水时常来梦里敲你的门
回去看看啊
看看那吊脚楼　渡口　碾坊
堆满时间的厚茧
回去看看啊
看看翠翠　夭夭　三三
茶峒里还存着唱给她们的情歌
回来吧　回来
回到这座自在的小庙
这里有你供奉的神
你说：也许永远不回来，也许明天回来！

2008 年 5 月

童谣

萤火虫，粒粒虫
夜夜点灯笼
飞到西，飞到东
上屋檐，下田垄
跌下田垄变八重

萤火虫，光光虫
夜夜打灯笼
飞到西，飞到东
打糍粑，掉下春
来年臭椿变香椿

萤火虫，唧唧虫
夜夜扛灯笼
飞到西，飞到东
上眠床，照新娘
照得新娘面红红

萤火虫，火虫，虫，红
萤火虫呢？
萤火虫熄灯了！

2008年10月

笼中兽
——哀华南虎

动物园华南虎笼前的铭牌上写有一段文字，大意是：华南虎在野外已经灭绝了。现存的华南虎有70多只，被圈养在各地动物园，这些华南虎都是20世纪50年代所捕获的6只野生华南虎（4雌2雄）的后代，近亲繁殖已经让现存华南虎的近亲率高达0.28%，面临基因崩溃的危险。有一则新闻，说的是南昌某动物园一只叫明明的小华南虎做白内障摘除手术的事。这只小华南虎是天生白内障，说明基因出问题了。

假山，人工湖

旋转游乐园和娇艳的花
一座虚伪的大牢笼
汹涌的市声淹没孤独的岛

逼狭的铁墙囚禁虎纹和豹的光斑
连同白天鹅的鸣叫一起暗淡
锋利的目光挤过窄窄栅栏
蹭上铁锈鲜红的味道
钝刀切割王者头顶的荣光

一个转身就到尽头的囚房
幽禁无边的慌张
囚，囚，囚
烦躁丈量着囚牢
毛皮宽厚的掌藏着锋芒
震不动山林，也踏不碎满地目光
地底滚过风雷
轰，轰，轰

弱者的嘲笑咬住王的喉管

王的骨血站在悬崖边眺望
山风，水淌，禽鸣
已如温润的土气变得飘忽
汹涌的血脉听不见潮汐的死寂
脆弱的基因，沙漠里的弃城
崩塌的噩梦
悬挂在下一个王的头顶

2008 年 10 月

喝柑普

不知道是哪个好事者发明了柑普
云南的普洱茶塞进广东新会小青柑
青柑酸涩借由爱情的成色掩盖
模糊了普洱的浓烈　热水包裹着风情万种
直到生活的温吞水　让真相搁浅
一个生拉硬拽的蛮力者
一个盲目的乐观主义者
一个婚姻的隐喻者

2020 年 5 月

止疼药

中年夫妻的头疼病是周末
工作日匆忙掩埋的尴尬
像一个藏不住的咳嗽
孩子手上的波板糖，漩涡越转越快
贴满创可贴的婚姻　欲言又止
这需要一片止疼药
让所有的谎言偃旗息鼓
医院铁门紧闭
红色处方笺无处投递
像一个喋喋不休的舌头突然沉默
今日周末

2021 年 9 月

我写不出诗

我再也不用挤地铁了，我有车
我再也不用住地下室，我有房
我再也不用被面试，我有活
我再也不用寻找，我有爱
我拥有一只精致的笼子，却弄丢了一只鸟

2020 年 10 月

嫌疑人

在上司的眼神 同事的闲谈里指认能力
在闺蜜的笑谈中指认青春
在男人的衬衫领子里指认爱情
在婚姻与原生家庭的天平上指认孝心
中年妇女 缩手缩脚地
带着牙牙学语的女儿指认春天
希望把自己活成唯一的嫌疑人

2021 年 11 月

四十有感

我，还没拥有所有
我，也不至于一无所有
四十岁应该是什么腔调？
生活会随时赏你一记响亮的耳光
你也会毫不手软地回击
西西弗斯的拉锯还在坚持
目光更加坚定 脚底更有力量
不到最后一刻
谁说我会一无所有！

2021 年 8 月

诗三十首

张德明

文学博士，岭南师范学院文学与传媒学院教授，南方诗歌研究中心主任，西南大学中国诗学研究中心客座研究员，全国中文核心期刊评审专家，中国作协会员，广东省作协首届签约评论家。已出版《现代性及其不满——中国现代文学的张力结构》《百年新诗经典导读》《新诗研究的理论与实践》等多部学术著作，出版诗集《行云流水为哪般》。在国内重要学术期刊发表学术论文百余篇。曾获广东省青年文学评论奖、2013年度“诗探索奖”理论奖、《星星》诗刊2014年度批评家奖、首届“名作欣赏杯”优秀论文奖等奖项。

疫情下的四月笔记（组诗）

清明书

思亲的心情渐而凝重，时光皱褶里
落满子规惊魂的啼鸣
细雨纷飞，往事的雪片次第飘落
四月春色被涂抹上悲情的灰色

疫情未散，归乡的计划无奈搁浅
翻开旧年相册，母亲的笑容
依旧可捧可掬，慈爱如光
亲情的流泉，终日在人间叮咚

山水课

春意在，山水就在
一抹青黛，用彩云镶边
苍翠欲滴的诗兴，氤氲在岁月田畴
抗御疫情的胁迫与侵袭

水是山的表妹
一泓柔情盈盈江湖间
执意潺湲描摹不尽的画意
春风在，山水永不褪色

农事记

天明即起，农具备好
四月的晨风里已渗满布谷的催耕声

插禾，种瓜，修剪果枝
移栽的豆苗说着暖心的梦话

拱棚里的春潮正在慢慢涌来
啜饮春光的植株，开足马力地疯长
田头劳作的身影，弓成水墨画里的小山
四月的乡愿，正赶写细节生动的农事诗

谷雨辞

菜蔬思念土地，瓜果思念春雨
植物都有自己的成长密码
疫情侵扰，耕种的步子有些踉跄
但我们必须，赶在春尽前将希望播下

最美的事物，总在不经意中消散
季节深处，有人轻吟着惜春曲
倏忽间，暮晚的钟声敲响
无雨的谷雨，行人加快了赶路的脚步

疫情尽

隔离是一堵无形的墙，将各自的生活孤立
你和我相通的桥梁，被潜行的病毒阻断
网络里熟悉的面孔和言语，越来越泛腻
欢聚的热望如囚笼之鸟，在内心彻夜啸叫
但一想到窗外风声，我们不自觉地提了提衣领

想想就激动得心跳加速，四月末，疫情将尽
口罩都摘了，袒露全部的脸庞和笑容
上面挤满欣喜的泪花和幸福的呓语
人们相互问安，春光的瀑流在周身奔泻

天高云淡，大好的消息如鸽哨，在空中遍响

莺燕曲

黄莺与紫燕，春天的两个贴身丫鬟
大自然的万千宠爱集于一身
在柔枝间上下弹跳，吟唱春曲
将四月的欢乐情绪，演绎得有声有调

其实再婉转的歌喉，也屈尊于俗常的生活
当你在田头地里，偶见它们
寻食昆虫，浆果，草籽，带着慌张的神情
一种闪电般的诧异与陌生，从心空划过

青果梦

春光如此明媚，催动植物们的芳心
青涩之果，悄然做着彩虹似的梦
梦见沐浴四月暖阳，面庞红润如少女
梦见饮过夜雨的琼浆，身子飘飘欲仙

梦见园主的目光，流露慈父的关爱
梦见树下的小狗，也向它发出友好的欢叫
青果在梦里还遇见了更多的梦
层层叠叠的梦想，默然升华了它的生命

细雨吟

四月小雨，细如多情女的愁思
纷落在黄昏的街巷，午夜的桥畔，黎明的村头
飘落成天地间抒情诗般的帘幕，印象画似的迷雾
细雨的帷帐里，四月春色，有着西子的香泽和身段

残酷的疫情，黯淡了乡民曾经的生活
知时小雨，静静修补着伤残的时日
雪白的杏花在细雨中放肆地打开
那是四月的中国，绽放新的生机和希望

2020 年 3 月 30 日—4 月 15 日

远　方（组诗）

黄昏路上的偶遇

除了行走，脚尖或许
还留意更多的事物
比如擦身而过的鸟鸣
比如飞赴远方的风声
以及被鸟鸣和风声簇拥着的
你的身影

我在时光磨损的青石板上
踽踽而行，怀着前世的孤独
穿过下半场的雨季
只是转身之处
偶遇追身而来的你
眸光的交汇，碰撞出繁星般的惊喜

交流，是窗口的相互打开
一束光亮，倏忽
照亮两间灰暗的心房
在烟雨中结伴
如果有一把适宜的伞
真的可以撑出二人世界？

在机舱

你在舱窗边的座位上
拍下梦想的航程
期待远方，繁花一般地

迎候在飞行的归处

心事如山
初航者直白的经验
全写满你的脸颊
腾空而起的飞机，也因
承载你难以计算的重量
显得有些吃力

从舷窗外望，那个熟悉的城市
渐渐瘦小
迷雾蒸腾，遮断少女一样的来路
哦，生命一旦起航
期待中的远方，还会如梦般遥远吗？

这样抱着你

这样抱着你
像夜空抱着满天的繁星
像大海抱着无穷的涟漪

只是很轻很轻的身体接触
就有梦幻的百花哗哗盛开
在张开的手臂中
我抱住了你的心跳、呼吸和柔情

如果时间能停下脚步
多好，我们从此拥有了
永不消失的一分，甚或一秒
这样抱着你
我抱住了永恒的记忆

远　方

远方是一个焦虑的名词
在你的日记本上爬出恼人的图迹
想象如始终达不到彼岸的桨橹
起伏的浪花，宣示密密麻麻的着急

远方是一个行走的动词
插有彩梦的双翼
你用秋水一样深情的视线
悄然打开它的启动器

远方是一个妩媚的形容词
暗黑的甬道上跳荡光的神迹
你用自信的心怀遥想，远方
在热恋般的眺望中，一次次缩短距离

要穿过多少风雨

要穿过多少风雨，才能抵达
爱情，或者诗歌
无边的草雾在弥漫
鸽哨恍如婴孩的微笑，此起彼伏
夜色四起，你的身体
在晦暗中影影绰绰

葳蕤之处，梦想在潮湿里
开着粉红色的小花
雨是花朵说出的词语
风仿佛她说话时的语气
远天上，着裙裾的云们，脚步沉缓
思念若草，在心头蠢蠢欲动

天气预报，今夜有暴风雨
自然的脾气，只有少女懂得
更猛烈的台风
会在今晚的身体中登陆
火焰般的水情，考验我的耐性
哦，要穿过多少风雨
才能抵达，台风中心的
你的旗杆

无尽的黄昏在天边徘徊

无尽的黄昏在天边徘徊
无尽的黑夜，潮水将我们淹没
时日无多
我们是在屋檐下撞身取暖
还是在居室中独守孤单

时钟不厌其烦，重复单调的话语
走廊里时有响动
不甘寂静的人们，总在制造些声响
如路上的沙粒，经不住风的诱惑

你步入厅馆，去喝淑女似的下午茶
听流行曲中的乐声
咿呀耳熟的清愁，听时光游走
如云的心思滴滴答答

无尽的黄昏在天边徘徊
无边的距离隔在我们中间
跨向你，即使小小的一步
也将耗尽我长久的一生

如电闪，如雷鸣，如月白风清

拥抱你的那一刻，动作轻缓
却自有无限的神力
如电闪，如雷鸣，如月白风清
山川草木
都在这手与身体的接触里
闪动神异的光泽

天空
倏然有了异样的反应
无数星河小鸟般兴奋
月儿弯出好看的唇印
云朵们盛装出列，为着
给我们的相拥以庄重的仪式

大地欢跑起来
带着植物和动物们
还有黎明时分的好心情
海洋哗然涨潮
但不轻易没过我们的堤岸

拥抱你的那一刻，我的体内
有山崩般轰然的巨响
血管奔流着江河的涛声
如电闪，如雷鸣，如月白风清
好在我站在坚实的草尖上
才没有被雷电击溃

给世界安一个消声器

给世界安一个消声器，给你

安一个微型的窃听机
微型如你的手纹，如你手纹上
弯弯曲曲的心思和柔情

安上消声器，世界
便不再喧闹，也不再淘气如孩童
时光静穆
听得清你午后的心跳

从窃听机里，我希望你听到
那些隐伏于海底的呼啸
那些闪动在露珠心头的祝福
以及那些，藏在暗角的细碎思念

给你安一个窃听机，当给世界
安上了消声器
世界必须安静
而你，必须倾听

又一次写到远方

又一次写到远方
写到远方柔弱的身体，可爱的血型
写到虫鸣似的吟唱
在远方的湖泊间四起
写到湖畔边，悄然远眺的你

如果没有你，远方
会若闲人般无趣
正如没有远方
天空和大地，突然少了生机

又一次写到远方
写到远方娇嗔的脾性，易变的表情
写到你在溪泉边的照影
令满坡的山雀子，哑然失声

时光之上，远方邈远
但是近旁的唯一注脚
如果没有远方，你也许
终生在我的身边藏匿
正如没有你，远方的灯盏
也不会被次第点亮

2017 年 5 月

写给那片海（组诗）

浪　花

浪花在海上一朵朵绽开
有时很大，有时很小
那是海洋说出的有味的话
有时千言万语
有时一声叹息

大轮渡犁开海面
嘟嘟的汽笛吵醒海底女神
一片片漾开的浪花
是她醒来时会心的微笑

捕鱼船在海上轻盈划过
激起的银浪如白玉兰
这莹洁的花儿次第
泄露了赶海人单纯的信念

沙　滩

晨曦在沙滩上奔走
发光的脚　若隐若现
咆哮了一晚的大海
此刻累了　陷入迷睡
靠近沙滩的海水
只是漫不经心地
卷起几朵浪花
如同困在睡眠中心的孩子

说出的几句梦话

赶海人

没有永远的到达
只有不断地出发
赶海人　将日子铺在海上
每个晨昏都要
用数不清的浪花
写出颠簸的人生

恋上漂泊　生活总在别处
海岸线不断被推远
城市灯火只在梦中辉映
渔舟的机器声　终日不停
低吟着蔚蓝的忧郁
和咸涩的孤单

海　女

渔家有女初长成
闪光的眼眸里
盛满大海的蔚蓝
长长发辫
编织成海浪的形状

随父母出海，她知道
所有的海鱼
都将带来海底神奇的传说
而那卷走了爷爷的飓风
一次次吓跑了她
船头眺望远海的勇气

未来，海女将会嫁给海仔
继续劈波斩浪人生
海边出生的海女
始终摆脱不了
那片蓝色的诱惑

海上人家

家园再大
也不可能比你们拥有的
那片海洋要大

视野再开阔
也不可能比你们瞭望的
无尽海域开阔

风浪再多
也不可能比你们经过的
上下颠簸要多

海上人家　始终把家
安置在无边的浪涛上
无羁地闯荡天涯

2017 年 3 月 5 日—15 日

生活记忆（组诗）

给父亲

黄昏树下，我们并排坐着
有时互相看看
没有一点表达
像栖在电线上的两只候鸟
静待春天的信息

有时我试图说出一两句话
让你听清
如山谷听清流泉的声响
尽管你已失聪多年

当我开口
你的眼神闪烁起来
像夜空中探出头的星星

2016 年 11 月

失　眠

昨晚我失眠了
这个叙述有多种解释
首先说明我没睡好
我和枕头、床单磨蹭了一宿
把月光当药片一秒一秒地吞吃
其次说明我走了神
大脑为一个远方的人一桩过去的事

而不愿停止工作
它强拉眼睛、手臂和茶水作陪
再次表明我鲜活着
当睡眠成为一种死亡的形式
失眠就是一次无组织的逆反
还可以解释说是某种感应
某种对举
天底下如果有一个男人失眠
就有一个女子睡得不安稳

2010 年 8 月

夜访小镇

你住的小镇是我心头的某处伤痕
它在大地的东南角呼吸
却在我身上疼痛
我只好携了三千公里的迷惑，经八小时的辗转
去看你，和你的小镇
趁着夜色，趁着街巷将睡未睡
熙攘的叫卖各自还家
慢性病似的乡音正好将我
伪装成一个游人，或一个外商
在小镇暧昧的路灯下，我一边赏景
一边用脚量度
思念的尺寸，爱的距离
触摸你浅水般的梦想，薄雾样的野心

夜访小镇
我在暮色中偷袭你的王国
不小心成了这块土地，意外的俘虏

2009 年 7 月 30 日

如果这还不够

我有晴空万里，我有雪花满地，我有天涯浪迹
如果这还不够，我有百年孤独，我有十里相送
我有一寸情愁，如果这还不够
我有飞刀，我有骏马，我有止痛膏
如果这还不够，我还有最后一滴
遗忘剂

2008 年 5 月

午夜的太阳岛

如果一座岛只用来盛放爱情，那未免奢侈，未免
有些大而无当，不食人间烟火
这样想着，我来到午夜的太阳岛，来到
心跳过速的水域
海潮退去，沙滩上的脚印，凌乱而纷杂
三两只鸥鸟，飞飞歇歇，追着啄食
满地蹦跳的月光，一只白乳罩，在海浪中
荡来荡去，像一次轻浮的爱情，航标灯
在江心，幽暗幽明，不断放大
四周的茫远，和静谧
午夜的太阳岛
将情侣座腾空，将遮阳伞收起
比白日宽阔了两倍
正好可以装满，我此时的孤独

2008 年 5 月

故　乡

一个不断生疏的名词
一个渐渐淡远的背影

那村头的苦楝
始终结满父亲的嘱托

那塘边的杨柳
还袅娜着慈母的牵挂

故乡腹地，狭窄的乡路依旧虬曲
仿佛少年未曾展开的心事

村庄一角，简陋的学堂依旧破落
似乎低矮的时光在此暂停

城市的烟囱在不断长高
故乡的身影就日渐瘦小

我在远方的高楼里侧耳
再也听不见熟悉的乡音

烟雨中迷失了的，是童年
心灵中回不去的，是故乡

2013 年 4 月

小秋天

秋天唯其小才让人怦然心动
抬眼望去，目光深处的茫然只是茫然
无法将血流速度提升
只有脚下的小草，瘦弱，枯萎
它们趋近死亡的身体，令人伤怀

窗前紫穗槐，默然无语
凄黄的树叶悬而未落
风一吹，歇满枝头的鸟语簌簌而下
伴随流萤似的唏嘘

2017 年 9 月

年久失修的身体

岁月天马行空，满怀的凌云壮志
终难压住梦中的山河
真实的生命终将回缩脚底
日渐单薄的小秋天，手可盈握
才会催动身体内，喑哑许久的流泉

多年的风暴在内部呼啸，穿越
血气方刚时也难免阴云密布
肝肠寸断处只见暗河奔涌
没有亮光透射，带血丝的雨
没日没夜，倾注在每个毛孔
每根神经末梢上

这是我唯一的躯干，它陪懵懂童年玩耍
被轻狂少年浪掷，让暴力青春挥霍
而今又被肥胖的中年拖累，挤压
孱弱的意志，越掏越空
只剩下枯瘦的念想，喑哑的涕泪
在秋风中孑然而立

我有两只明亮的眼睛，但无能看清体内
不断受阻的河道，次第坍塌的山川
我有一双遒劲的大手，终究按捺不住
岁月汹涌的洪波，脉管中频起的雷鸣

无尽的奔走中，有不可逆的命运
但你必须学会，不时停下脚步
伸手抚摸年久失修的身体

像抚摸阔别多年的情人
此时会有一轮暖阳
在你心头，冉冉升起
将稍显黯淡的希望，悄然照亮

2018 年 7 月

诗三十首

赵金钟

岭南师范学院教授，南粤优秀教师，全国中文核心期刊评审专家，中国作家协会会员，广东省中国当代文学学会副会长，湛江市文艺评论家协会主席。在《中国现代文学研究丛刊》《文艺理论与批评》等刊物发表学术论文百余篇，多篇论文被中国人民大学书报资料中心全文复印。出版有《中国新诗的现代性与民间性》《想象与言说的魅力》《胡风评传》（合）等10部著作。在《人民日报》《河南日报》《金融时报》《诗刊》《星星》《澳洲侨报》等报刊发表诗文多篇。有诗文集《流彩的石头》。

向日葵

都说向日葵是箭
一簇簇，一排排，整装待发
…………

后羿抓一把鸟鸣将怨恨服下
让罪与罚根根竖起
这一刹，他看到了天地的对撞
脊背的汗一拨儿比一拨儿冷
也许正是这一刻，人神开始交恕
将一页页厮杀的碎片纷纷抛下
抛成飞天腋下总也撒不完的雪花

我赞美向日葵，他是天上的圣光
后羿失手射下的太阳
身体坠落了，心还在朝上飞
你看到那颗带血的心了吗
像圣洁的箭，抖落身上的黑暗
在暴风雪到来之前
扒出来晾晒

一簇簇，一排排，将头扭向太阳
看自己兄弟的脸
心头有我兄弟的火在浇
脚下有我兄弟的云在烧
还有那只小鸟，斜挂在树上
唱我爱听的歌儿

看吧，向日葵奔跑在山上

举着火把，漫山遍野
一簇簇，一排排，你追我赶
是鼓胀的气要冲天
是黄色的海要决堤
是张满了的弓等待射击

只待那一声口哨响起
…………

2018 年 10 月

夏天，想一场雪

夏天，想一场雪
想她的洁白与清凉
以无可挑剔的身姿从远方飘来
像一个久无音讯的游子匆匆返乡

想一场雪，来抚摸夏的肌肤
让滚烫的欲望降温
树上的知了调低音量
老街的狗收回早无弹性的舌头
…………

来一场雪，来一场轰轰烈烈
让梦忘一回生死
火忘一身恩怨
天空啊，把积攒千年的暴躁与凌乱掐灭
…………

来一场雪，来一场洁白的轮回
衔着前世的信物寻找今生的门牌
来一场猝不及防的热恋
扫荡所有发霉的宏愿与甜言蜜语
来一场没有结论的雄辩
冻结一切聒噪和喋喋不休

来一场雪，来一场不图回报的馈赠
一场没有年轮的岁月
来一片雪，来一片贴于额头的慰藉
一片让冬与夏相拥的欲念

来一枚雪，来一枚独倚门头的眺望
一枚令太阳睁不开眼的冰剑

这一夏，我只想雪
想她从翠鸟啼荫处
——飘来

2017 年 8 月

紫荆花这样开着

一觉醒来，所有门窗突然打开
紫荆花们从各自的闺房走出
把最美的时刻摆放枝头
大红，紫红，粉红
朝霞树树，烟云朵朵
一团团激情四射的火滚动，燃烧

这南国的精灵
当冬天来临
她们竟开得如此泼辣，如此风流

夜晚，你还能听到她们的声音
细的，柔的，甜的
顶替了聒噪的蝉鸣
以温暖的方式擦拭着人类留下的污渍
笑靥，舞姿，芳香，一齐收敛
收敛成红色的旋律
夜深人静的时候热情地流淌

在遥远的南国
紫荆花这样开着
白天是火，夜晚是歌

2009 年 12 月

车在草原上穿行

车在草原上穿行
调皮的彩蝶贴窗伴飞
让它的挽留留给风吧
我需要前行

我要前行
去派送满口袋的祝福
那等待的汉子
正逗着没膝的花草
热情地牧着他可爱的羊群

车前行，去追前方的诱惑
不吝惜将整块的绿扔到身后
车前行，穿过无垠的草原
也必将穿过长长的历史
将我的三生串起

前方有火狐跳跃
车前行，将今世和来世抛弃
追赶前生

2014 年 10 月

草原小路

一条细长无比的水蛇
将铺向天边的绿迅速推开

在雨水洗新了的草原
蛇留下的灰色古道上
我走来
捎着彩虹
迤逦远行

2014 年 10 月

阅读母亲

——写给母亲 82 岁生日

母亲点亮自己，整整 82 个春秋
这 82 页岁月，风云密布
失母
失父
失女
失夫
走一步，沉重一步
酸楚的重量压弯了来路

阅读母亲
阅读她爬满皱纹的 82 页
页页都是箴言，是爱，是财富
这浅浅的 82 页，不是海峡
是浩渺无际的海
这淡淡的 82 页，不是萤火
是燃烧不尽的光

这 82 页，不浅，不淡，不呻吟
全是追问岁月的呐喊

在昏暗的灯光下
我阅读母亲
页页都是眼泪

2015 年 1 月

故　乡

杂草疯长的季节
父亲在坟墓享受清福
母亲在堂前煎熬岁月

就像螳螂吃掉她的新郎
因为爱　我要吃进故乡
让它的白云作我的容颜
让它的炊烟作我的黑发

我便是它额头　一束
永远闪着的光亮

2008 年 12 月

贤隐山

曾不止一次地叩访你
在曲曲折折愈行愈深的山中寻找
徒见些断垣残亭，不见隐士
有贤人隐居，我断定这不是妄说
只是年代久远，隐的早已不隐

在没有隐士的地方
我们只好用眼睛擦擦来路
把自己当成隐士

2011 年 4 月

南湾湖

这个湖跳到我手心上的时候
我的手没有湿，心却湿了

这一刻
我不能放歌，就让那清得喘不过气的清去放歌
我不能欢呼，就让那自由得不能再自由的白鲢去欢呼
甚至，我不能言说，就让那总也扯不断的涟漪去言说
我也不能抒情，就让那舞动得不能再妩媚的水珠去抒情

这一刻，就让我静默无声地站在你面前
让我忘记天地玄黄，忘记我自己
让我的周遭氤氲着洁白
呼吸里洒满银色的静寂

这一刻，所有的浑浊一起下沉
唯有灵魂上升

2011 年 4 月

黄昏观景

掐一朵相思赠流云
问斜阳，何日方是尽头
叹枝头青果点点羞涩
似游人苦恋，每每枉自多愁
黄雀落来，再不见嘤嘤嬉笑
独恋呜呜水流
落日凄情，睁一下昏眼
悄悄退于山头

1989 年 12 月

中秋狂想

总想追着月亮
像长生不老的愁结追着长茧的牧笛
像闺怨冲出侯门追着远人
想把祖先那堆伤痕累累撩起
把那串早已风干的忆念索回

总想抱着月亮
抱紧那千万年摔不碎的乡愁
把圆楔进去
把甜楔进去
把我的所有幻想楔进去
把再膨胀了的思念楔进去

总想拎着月亮
拎着它淋不湿的秋风
开不败的桂花
拎着它打了死结的顾盼
挪不动的步伐
就这样，拎着它
拎着满街的朦胧
蹒跚着回家

今夜，月光依旧如水
洗着依旧敞开的柴院
而那月，徘徊着心思，不肯进门——

2021 年 9 月

牛

我说牛啊，你太过用力
犁疼了历史，也把自己犁进了书里
你看那浩瀚的大地
哪一块土没有你的汗
哪一片云没有你的影

自从有了你
铁不再生锈
田不再龟裂
地不再荒芜
你是英雄，用角和蹄
磨出了繁华
让一张张苦脸扯出了笑意

你犁，你犁——
在从不间断的喝彩声中
你把自己犁成了记忆
在江南，在漠北
在猫和狗的追逐中
在清明时节的雨雾里
层层传递

这牛年，我又想起了你
那一番厚重，让我不能呼吸

2021 年 2 月

龙

华夏不是一个喜欢说谎的孩子
把龙刻在自己的额头
说明他信，这龙来过
且一定还会再来

他把龙影举起来
一次一次地，从漠北到海南
高高地举——起——来
舞着，喊着
像失散的幼儿呼喊自己的母亲

龙终究还是没有现身
但她以雨、云和雷电的身姿
回应着儿子的呼唤

时间被拧成麻花
扯疼地老天荒
雨，时常还来
喊声，也一直没断

2020 年 4 月

以深圳速度睡觉

失眠的时候我想起了深圳
想起它渔村时的灯火
想起与之对眠的野鹤
和隔岸飘来的钟声

思路越来越清晰
我想起了它疯长的楼群
宽广的马路
最后，想起了奔跑

必须刹车，子时已过
明天还要奔跑，用浑身蛮力摁住
思绪，告诉它
要以深圳速度睡觉

2008 年 12 月

当黄瓜蹲在水果摊上

当黄瓜蹲在水果摊上
还是那一身青衣
还是顶一朵小黄花
但已不再习惯蔬菜的称谓

它已成功修改了履历
将来路的泥泞一一删去
门牌和邻居也已更换
脸上漾出了别样的气息

这时，它像某个经典，器宇轩昂
只有名字和记忆在酝酿着风雨

是这样，当黄瓜蹲在了水果摊上
你已无法再以蔬菜的名义去丈量它的价值

2018 年 4 月

雷州半岛

因为饥渴，把嘴贴向了海
身子不断拉长
直到把妈妈的呼喊甩在了远远的陆地

就这样，一路奔跑，冲进了海
便再也没有回头

2019 年 1 月

苏东坡雷州饮酒

台风不至，子由的舟子先至
罗湖的月已被它撕得褶褶皱皱
碎了一湖
我稀疏的长发在与那月光争白
脚边的蛩音想把这湖心穿透
子由啊，来，我们登舟饮酒
让中原的夜去丈量自己的黑
汴河的呜咽独自敲打汉宫围墙的厚度

不要再数我的白发
看我痉挛的双手
它们终将入画，一如这壶老酒
脚下的路已短，而壶中的天还长
子由啊，让我们举起杯
饮尽岁月
饮尽天涯
就不信饮不尽这盘根错节的劫数
这总也掰不直的弯弯曲曲

夜已沉入壶底
瑟瑟的朔风已远
北上的路已断
此时正宜把酒问青天莫叹白头
问青天，青天处处，青天何处
叹白头，白首苍苍，苍苍白首

夜已深，月已远
风不在耳边
唯有罗湖素颜相向
空对孤舟

子由啊，趁夜还在，我们饮酒

注：1097 年，苏轼谪海南，苏辙谪雷州，5 月兄弟俩相遇于广西藤州，同行至雷州，择日患难兄弟泛舟罗湖——雷州西湖。

2017 年 7 月

三行诗

——读萧红《后花园》有感

一

葵花似的眼睛燃烧着铁黑的磨坊
雨在勾引灵魂
叹息吧，只有叹息才能烘干萧红湿透的衣襟

二

向日葵的笑靥拉出了一条长路
成子的心跳成了烛光
浇灭它，用了整整一树根的热泪

三

那该死的笑碾来的时候
磨坊的欲望已被阻断
碎了的心，成子用一生来缝补

2017 年 4 月

鲁迅墓前

少年时读你的书我眼前一片明媚
而今站在你的跟前我脑海昏昏沉沉

你蹚了长长的草路惊醒了一条条水蛇
我咀进去呕出来只是沉甸甸的苦

眉睫上挂着一串翠滴分明是泪你不觉得
你不觉得他不认为我只好收藏着当成珍珠

谁让你踢醒了那一道道问号
抹去了那一张张鬼脸上的金粉
谁让我是后来者挂着你的牌子
是汉子偏又长着血糊糊的心呢

我真想喊醒你呵，又怕你震怒
绕你再走一圈我没吭声

1988 年 12 月

历　史

历史是一条长蛇
蜿蜒曲折难以捉摸
骑着它，我们可以畅游江湖
穿越隧道，可以
上天入地

骑在历史的背脊上，我们
很风光，然而历史是什么
我们一无所知

在历史的拐弯处，我踢了历史一脚

2012 年 2 月

北京城里的乌鸦

那是 2009 年的冬天
在人们嘴上煮烂了的鸟巢的旁边
长着一个真正的鸟巢
一个来自南方的人看到
乌鸦在真鸟巢上叨着词句
咽下，又吐出
吐成一条长舌喷向人类的鸟巢
乌鸦在重新编码
这些被人类扰乱了的信息必须重新编写
就像当年和鱼妹妹一起讨论网
那网自从上岸就没有再回到水中
而是被人类无限期地囚禁在虚无里

必须重新编码
乌鸦以本色的黑舌慎重舔舐着语词的温度
测度着先人赋予这些语词的硬度与成色
同时打量着自己和地上行走的邻居
看看谁还更像自己的祖先

北京的脸刚被雪粉刷过
人的鸟巢也晶莹闪亮
在白得透不过气的时空里
乌鸦穿梭
从树根的黑土到树上的黑窝
只一次咀嚼的时间便能抵达
黑翅震颤着
在它抖动的旋律中
历史和欲望一同飞逝

唯一紧夹着的是乌鸦
要以黑来对抗白的信念
和它那与生俱来的聒噪

必须重新编码
一条虫子从乌鸦嘴中爬出

2010 年 1 月

夜访恭王府

腐，有时候就是虎
养大了才能宰杀
…………

月光附在门上，一派清静
游人的影子吻着门楣
门内的风雨早已平静
和珅再一次拒绝了夏虫的招魂

探访的欲望已被风阻断
我只好将一缕月光弯成问号
替代叩门

2018 年 8 月

关于开会的预案

台上的会总是开不到台下
就像马路上的拖拉机总也开不进农夫的稻田

如果有一种办法把空气挪开
让主席台变成美女
台下的耳朵长成帅哥
麦克风戒掉说谎的习惯
…………

如果是这样，会一定能开成鲜艳的桃花

2011 年 10 月

元　旦

捉不住的元旦，今天来了
他说明天还要走
但走出了旦，也走不出元

大家都在告别
揖手，咧嘴
将祝福塞满午夜的胸腔
那些人也在揖手，咧嘴
学着电视里的模样
而他们更关心的是麦子
元旦走后，能长几两淀粉

此刻，我只想节奏慢些
让揖手和咧嘴有沉淀的时间

2018 年 4 月

我这个时代

我这个时代快
快到今天的词句咬不住昨天的记忆
后人追不上前人的脚跟

黄昏，我把太阳的尾巴系在床头
一觉醒来，它已蹿得老远
只有床待在远处，低头不语

昨天的面孔破烂不堪
河流死抱住枯焦的石头
梦趴在灰色道上，奄奄一息

我这个时代快
稍一走神，就找不到家门

2017 年 10 月

在深圳高新园坐地铁

日光即将开溜的时候
我来到了高新园地头
先我而至的年轻人像蚂蚁塞满了地铁口
出出进进的道岔为黑色的进所把持
没有一只翠鸟吐出

这是傍晚六时的地铁口
它像一只铁鳄
死咬住深圳的咽喉
那鱼贯而入的青年是一束束鱼刺
将咽喉紧紧缝住

2018 年 8 月

某外卖小哥

身上背个“袋鼠”
以为自己就是袋鼠
雄性的
威猛的
把马路当草原
把汽车当玉兔
把无限延伸的前方当作有梦的故乡

穿梭着
跳跃着
像一只翩翩起舞的蝴蝶

直到一团柔软被钢铁抱住
直到袋鼠开成一朵红花
直到尖叫声把梦撕开

这长着人骨的袋鼠兄弟
一生只记得前方与奔跑
习惯于将命系在裤腰带上
最终也没能把那块烧饼拼进嘴里

2020 年 9 月

大家都看手机，我偷偷看诗

车厢里的头均匀地摆动
每一颗下面都栽种着闪耀的手机
只有我把自己屏蔽
装在脆薄的玻璃墙里

这里没有声色犬马，没有鸟鸣
我如呆滞的小鱼，被安置在文字的泥海里
满脑子的墨水把周遭涂得漆黑
我读阳光，读黑夜
读大海，读戈壁
灵魂被一次次打劫
时间被敲得支离破碎

在奔向远方的列车里
大家都在看手机
只有我在偷偷看诗
他们捡拾着浅笑
我咀嚼惊雷

2018 年 10 月

看北京人路口烧纸

太阳已经睡死
车来人往的路口升起了一团团纸火
时空和音乐已被屏蔽
唯有火苗跳得老高
在烧纸人划定的半个圆圈里
缺口朝向了故乡

词句在念念里流动
钱以心的形状向邈邈的远方飘去

这清明时节的情境
让古老的京城变得肥胖
语符打通了过往与现今的通道
纸烟糊住了阴与阳的豁口

没有星星，没有眼泪
行人的碎步也没有打乱这虚拟的宁静

我放慢脚步，看
火影里的阴阳对话，看
袅袅尘烟中声音的舞蹈，看
烧纸人的心意满满，看
纸钱的足够斤两

唯一不敢看的，是
这纸钱的速度能否抵达孝的码头

2018 年 4 月

身　份

几条不安分的黄瓜爬出竹筐
离开了灰头土脸的蔬菜兄弟
以水果的形象站上了新的岗位
像胜利归来的英雄
目光炯炯，威风凛凛

其中还有七条爬上了长城
身上的刺少了八根
但光环增添了九束
价格则像睡醒的驴，打了十滚

2018 年 4 月

后　记

在雷州半岛的一个不太显眼的地方坐落着一所高等学府——岭南师范学院，而它落脚的小山包则更加不显眼，不高不大不险，普普通通，一览无余。然而，它却有一个颇有“意味”的雅号——“燕岭”！这“燕岭”，不仅赋形，而且给小山包赋了意，让它有了文化内涵，甚至有了诗意。从这里走出去的学子，不仅带着紫荆的气息，而且携着“燕”的神韵，有一种别样的情怀：他们的心中都有着一只无形的“燕子”。记得2018年夏天，七八级校友回母校庆祝入学40周年，一个校友就向我建议要重视挖掘“燕”文化。由此，我觉得“燕”在他们心中有些分量。一群人，常居某地，目睹其形，耳闻其声，自然会受其影响，染上其气息。这大概是校友提醒我挖掘“燕”文化的原因，也是我们将本诗集命名为“燕岭诗草”的一个原因。

将本诗集命名为“燕岭诗草”的另一原因则是来自文学史的启示。文学史上，志趣相同或者地域相同的“同人”，常常自觉结社，亮出自己的旗帜，立志创作具有自己社团特色的作品——当然，事实上创作是最具个性化的活动，“社团特色”往往只是一种相对的存在，社团成员间的个性差异则是绝对的现实。但是，这绝不妨碍他们结社，也不妨碍他们进行着趋同的价值追求。如果我们朦胧中有着同样的企图，自然也是合乎文学史演进的一般规律的。

诗集中的作者，安身立命于“燕岭”。他们的主业是教书，写作则是副业。这群人来自五湖四海，有东北，有西部，有中原，有荆楚，有岭南，唯一没有的就是燕岭。是“命运”把他们牵引到这里。这个“命运”就是诗，或者说是文学！因为他们都是学文学的，又都奔赴这里讲授文学。他们这种既讲授文学，又进行文学创作的状态，与新文学初创时期是一致的，也非常吻合当下力倡的“产学研”结合的教育理念。

他们经历不同，性情不同，创作风格当然也不尽相同。但他们生活在燕岭，身上自然会带上“燕”的气息；燕岭上开满了紫荆花，这自然又有了紫荆的格调。如果从文学的角度考量，则他们的最大共同点，就是对待诗的态度都十分认真。康德有言："每一艺术是以诸法则为前提的，即在它们的基础上一个被称为艺术的作品才能设想为可能。"他们在心里念叨着诗的"法则"，在创作上也坚守着诗的"法则"。

"诗言志"——他们坚守。"志"就是"心"，是人的思想、意愿、情感的总和。它是诗的灵魂，是欣赏的内容和解读的关键。与"旧诗"不同，新诗直接介入生活，在生活中求生存，在凡俗中求典雅。这种生活化的审美特征和审美态度，是其重要的诗学特征。诗集中的作品均是作者工作、学习、生活和游历的所见、所感的反映，是他们生活体验的审美物化，自然是对其"志"的表现、承载，其情有倚，其意不虚。现在有些诗人对"言志"不感兴趣，只强调"语言还原"，追求对语言所承载的文化意义的消解，进而达到对诗歌所承载的社会与文化意义的拆除。这是对诗歌写作的误解与架空。正如语言学家陆志韦所说："诗应切近语言，不就是语言。诗而就是语言，我们说话就够了，何必作诗？"陆氏对这种趋向早有警觉。

诗须用"写的语言"——他们坚守。相对而言，语言在诗中的地位比在散文中显赫。瓦莱利有句名言："正如走路和跳舞一样，他会区别两种不同的类型：散文与诗。"相较于手段，走路更看中结果；跳舞得遵循舞步，自由度有限，且舞步本身就是目的。以此作喻，意在说明语言不仅是诗的手段，也是诗的目的，是诗歌鉴赏的重要内容。因此，诗不能直接运用现成口语，它必须对口语进行深加工，使之"书面化"，也就是朱光潜所说的"写的语言"。现在不少"诗人"热捧口语，以对抗"僵死"的书面语。这又是对诗歌写作的误解。语言是人类思维的物质外壳，诗作为人类形象思维的产物，必然离不开这个外壳。但诗的语言绝不等同于人类信息交流所使用的日常语言（口语），它应是对日常语言的诗化处理与二度提纯，有着自己独特的组合法则。只有如此，才能保证它是艺术的，而非生活的。这种组合法则和组合后所诞生的语言，往往与其他文学语言也不相同，它是独特的、唯一的。它不仅能表达"意义"，而且要能表达"意味"，表达人格。这里面有两个层次的含义：第一个层次是，它必须具有文学语言的一般性特征，如精练性、形象性、生动性，等等。但除此之外，它一定还要有第二个层次，即高于一般文学语言的层次——有着在精练性、形象性、生动性等基础上的"有意味"的超越。

诗须有"章法"——他们坚守。这里的"章法"，是指诗的结构，不是聊天或者叙事的结构（不少“诗”作者用的就是这种结构，这又是对诗的误解）。在所有文学体裁中，诗歌的体格最小，所以最讲究结构。而结构也最费心思，最需要诗人的才情与艺术修养。诗的结构与“文”（散文、小说等）不同，它更需要有化博为精、化散为聚、引浅入深的功能。一个小说家可以引导他的人物进行一次长时间的旅行，一个散文家也可以来一次长距离的放足，但一个诗人只能将距离截断，在戛然而止中给人一种豁然开朗的顿悟：他需要对生活情状与诗人情愫之间的关系做一次有意义的安排。这就是诗的结构。一些人以“自由”为幌子，信马游缰，信手写来，甚至不着边际。这不仅是对诗的误解，而且是对艺术的误解。事实上，艺术的真正自由不是“无边界”，而是在有限中创造无限，在瞬间里创造永恒，在束缚中争得自由。自由的应是创作环境与创作心态，而不是创作本身。

毋庸赘言，作品就摆在这里，等待亲爱的读者和公正的时间来检验。

赵金钟

2021 年 10 月 10 日